나를
먼저
안아주기로
했어

나를 먼저
안아주기로 했어

굿바이, 착한 사람 콤플렉스

초 판 1쇄 2026년 04월 06일

지은이 조보라
펴낸이 류종렬

펴낸곳 미다스북스
본부장 임종익
홍보국 김가영
편집장 이예나, 안채원, 김은진
디자인 윤가희, 임인영, 윤영빈
책임진행 국소리, 김해일, 송가희, 김경은

등록 2001년 3월 21일 제2001-000040호
주소 서울시 마포구 양화로 133 서교타워 711호, 808호
전화 02) 322-7802~3
팩스 02) 6007-1845
블로그 http://blog.naver.com/midasbooks
전자주소 midasbooks@hanmail.net
페이스북 https://www.facebook.com/midasbooks425
인스타그램 https://www.instagram.com/midasbooks

ⓒ 조보라, 미다스북스 2026, *Printed in Korea*.

ISBN 979-11-7355-833-7 03810

값 18,500원

미다스북스는 다음세대에게 필요한 지혜와 교양을 생각합니다.

나를 먼저 안아주기로 했어

조보라

굿바이, 착한 사람
콤플렉스

미다스북스

나를 안아주기 시작하며

"긴 터널 속에 있는 것 같지? 그래도 그 터널은 반드시 끝나. 그 끝엔 밝은 해가 비칠 거야."

고등학교 2학년 담임선생님이 해 준 말이다.

대학 입학 후, 밝은 해가 잠시 비치는 듯했다. 얼마 가지 않아, 학업, 취업이라는 좁은 터널을 만났다. 대학 졸업 후 직장에 들어가니, 더 치열한 터널을 만났다. 결혼 후, 꽃길을 걷고 환한 길로만 갈 줄 알았다. 이게 웬걸, 결혼생활은 더 오래 인내해야 하는 긴 터널이었다.

햇살 비치고 살 만해진다 싶으면 어김없이 또 다른 터널에 들어갔다. 그럼에도 계속 가야 하는 인생길. 숨 가쁘게 살아왔다. 좋은 사람이 되고 싶은 마음이 컸다. 좋은 엄마, 좋은 직장인, 좋은 친구, 좋은 딸이 되고픈 마음. 이런 마음은 타인의 기준에서 비롯된 것이었다.

사람들의 반응에 기분이 좌우되곤 했다. '잘하고 있어요, 역시!' 이런 말을 들으면 설레고 짜릿했다. 실망스러운 눈빛이 느껴질 때면 마음이 위축되고 무너졌다. 인정받고 싶은 마음은 열심히 살아가게 만드는 불씨이기도 했다. 동시에 나를 지치게 만드는 족쇄이기도 했다.

'열심히 살아야 한다. 잘 살아야 한다'라는 책임과 부담으로 온 힘을 쏟으며 살았다. 게으름은 허용할 수 없었다. 대충하는 것도 용납하지 않았다. 부족한 점을 찾으며 더 노력해야 한다고 다그쳤다.

어느 날 숨이 조여왔다. 문득, 나는 무엇을 위해 이렇게 살아가고 있는 걸까. 무엇이 남는 걸까. 마음속에 질문이 떠올랐다.

이 책은 숨이 조여오던 그때의 갑갑함에서 시작된 기록이다. 삐뚤어진 인정 욕구를 마주하고, 일에 중독된 내 모습을 인정하기 시작했다. 받아들이고 나니 삶의 방향이 조금씩 달라지기 시작했다. 더 잘하려는 욕심보다, 인정받으려는 열망보다, 나를 아껴주고 사랑하는 것이 중요하다는 걸 깨닫게 됐다.

　　　　　　　　　　　나를 먼저 안아주기로 했어

이 책은 나를 돌보는 삶을 시작하게 된 여정을 담았다.

1장에서는 좋은 사람이 되기 위해 애쓰며 나 자신을 잃어버렸던 시간을 돌아본다. 2장에서는 일에 몰두하며, 나의 가치를 일의 성과로만 여겼던 시절을 성찰했다. 3장에서는 그 모든 과정을 지나 비로소 내 마음을 알아차리게 된 순간들을 기록했다. 4장에서는 나를 돌보는 삶을 선택하며 조금씩 나에게 다정해지는 연습 과정을 담았다. 마지막 5장에서는 타인의 인정에서 벗어나 나의 삶을 살아가는 용기를 이야기했다.

스스로 인정하고 몰아세우기만 하면서 타인의 인정을 갈구했던 어리석음을 토닥인다. 글을 쓰며 인정받기 위해 애써온 지난날을 따뜻하게 안아준다. 열심히 사느라 수고했고, 애썼다고 토닥였다. 이 책은 완벽한 해답이 아니라 시행착오 속에서 발견한 작은 깨달음이다. 흔들리면서도 나를 지키고자 했던 순간들, 나를 돌보는 삶을 선택하며 마주한 이야기들을 담았다. 나를 다그치지 않고 충분히 잘하고 있다며 격려한다.

"난, 이미 충분히 괜찮은 사람이다."

완벽하지 않아도 괜찮고, 조금 느려도 괜찮고, 가끔은 멈춰 서도 괜찮다. 누군가의 기준에 맞추지 않아도 괜찮다. 모든 역할을 잘 해내지 않아도 괜찮다.

열심보다는 다정하기를.

나에게는 인색했던 시간, 나를 채찍질하던 그 모든 날을 지나, 이제는 나에게 조금 더 다정하게 대한다. 나에게 다정하다는 게 무얼까. 나를 아끼며 돌보는 마음이다. 나를 돌보는 삶은 거창하지 않다. 하루에 한 번, 나에게 '괜찮아, 오늘도 애썼어'라고 말해주는 것부터 시작해 보자. 작은 습관들로 삶을 다독이며 갈 수 있다.

이 책을 펼친 당신은 누구보다 열심히 삶을 살아온 사람이리라. 이 책을 읽는 동안, 내 마음과 당신의 마음이 연결되면 좋겠다. 이 책은 부모로서, 배우자로서, 자녀로서, 직장인으로서, 이 사회 구성원으로서 치열하게 살아가는 당신에게 보내는 위로다. 가만히 손 잡아주고 따뜻하게 안아주고 싶다.

내 삶의 다정한 스승들을 떠올려 본다. 어린 시절부터 따뜻하게 안아주셨던 부모님, 나를 최고라 여기며 아껴주는 남편과 아들, 딸, 바라보라 글쓰기 동무들, 자이언트 북 컨설팅 대표와 작가들, 콩나물대학교 총장 이하 교수진과 동기들, 순간순간마다 나를 따뜻하게 마음으로 격려해 주는 직장 동료들과 친구들을 나의 스승으로 삼는다. 무엇보다 나를 사랑으로 대하시는 내 존재 근원인 하나님께 모든 영광을 돌린다.

목차

제1장

삐뚤어진
인정 욕구

(1)

자꾸 넘어지는 엄마

결혼하면 아기가 바로 생기는 줄 알았다. 그러나 현실은 아기를 빨리 갖고 싶던 나의 기대와 달랐다. 결혼 3년 무렵, 월경 때마다 눈물이 그렁그렁 차올랐다. 집에서도, 지하철에서도, 사무실에서도 자꾸만 눈물이 흘렀다. 사무실에서 일하다 말고 눈물이 흐르면 누가 볼세라, 화장실로 달려가 울고 나오곤 했다.

그때는 무엇이 그리 조급했을까. 빨리 엄마가 되고 싶다는 마음에 발을 동동거렸다. 주변에 임신 소식이 들려올 때마다 축하를 전하면서도 마음 한쪽에서는 쓸쓸함이 고개를 내밀곤 했다. 남들은 임신이 잘 되는데 왜 나는 잘 안되는 걸까.

용하다는 한의원에 남편과 함께 찾아가 한약도 지었다. 병원 다니며 자궁 검사를 하고 난소, 난자, 정자 기능 검사를 받았다. 임신에 어려운 요인이 있는지 알고 싶었다. 검사 결과, 아무런 문제가 없었다. 난소 나이도 신체 나이보다 젊었고, 나팔관 길도 잘 열려있었다. 정자도 건강한 편이었다.

몇 개월 지켜보던 의사는 결국 '상세 불명의 난임'이라며 진단서를 발급해 주었다. 이 진단서를 가지고 국가 난임 부부 지원을 신청해 보라고 했다. 불치병 진단이라도 받은 듯 마음이 와르르 무너져 내렸다. 진료실 문을 열고 나와 병원 복도에서 한참 울었다. 온 세상이 어둑하게 어둠이 내려앉는 느낌이었다. 내 계획과 노력만으로 임신이 되는 게 아니라는 걸 받아들이기까지 오래 걸렸다.

임신을 기다리면서 테스트기로 임신 여부를 확인하곤 했다. 그날 아침도, 출근 전 임신 테스트기를 확인했다. 여느 때와 다름없이 한 줄이 나왔다. 그래, 이번에도 안 됐구나. 이제 난임 시술 지원을 받기로 했으니 조급해하지 말자. 마음을 다독였다. 이전보다는 한결 편안해진 마음으로 출근길에 나섰다.

사무실에서 일하는데, 으슬으슬, 감기 몸살 기운이 올라왔다. 2월이니 찬바람이 들었나보다 하면서 무릎담요를 어깨에 감싸 둘렀다. 그러나 시간이 지나자, 도저히 앉아서 더 일할 수 없을 만큼 몸에 기운이 다 빠져나가기 시작했다. 하는 수 없이 부서장에게 찾아가 조퇴해야겠다고 말했다. 병원 진

    나를 먼저 안아주기로 했어

료 마치고 집에 돌아오는 길, 남편에게 전화가 걸려 왔다. 어디냐고 묻는 말에, 감기 몸살이라 약 지어서 집에 가는 길이라고 말했다. 남편은 나에게 약을 먹었냐며 다급한 목소리로 묻는다. 아직이라고 말했다.

"휴, 다행이다. 약 먹으면 안 돼. 오늘 아침에 한 임신 테스트기가 두 줄로 바뀌었어."

좀처럼 흥분하지 않는 남편도 목소리 톤이 높았다. 남편의 말에 몽롱하던 정신이 번쩍 들었다. 난임 시술을 앞두고 있던 참이었는데, 이 기막힌 타이밍은 무엇이란 말인가. 기적처럼 아이가 우리 곁에 찾아왔다.

2014년 11월, 그토록 기다리던 아기가 태어났다. 알알이 영롱하게 반짝이는 석류알처럼, 주먹만 한 얼굴에 아이 눈코입이 반짝거렸다. 올망졸망 사랑스럽고 예쁜 아이 볼에 뽀뽀 세례를 멈출 수가 없었다. 우리 가정에 찾아온 이 천사를 잘 키워내고 싶었다. 아이에겐 무엇이 가장 좋을까. 육아용품부터 육아 정보를 모으기 시작했다. 기필코 최강 엄마가 되어 아이에게 잘해주리라 결심했다.

아이에게 눈 맞춤을 하며 방긋 웃어주는 엄마. 품에 안아 다정하게 책을 읽어주는 엄마. 깔끔하게 정돈된 거실을 유지하는 엄마. 앞치마를 두르고 채소 다듬고, 고기를 리듬감 있게 다진 후 웍에 맛있게 볶아 내는 주부 9단 엄마. 예쁘게 접시 꾸미기까지 하여 근사한 식사를 준비하는 엄마. 밖에 나갈 땐 깔끔하게 차려입어 옷맵시 있는 단아한 엄마. 우아하고 기품 있는 엄마를 꿈꿨다.

물론, 이런 근사한 엄마는 한낱 상상일 뿐이다. 새벽에 깨서 잠투정하는 아이 달래랴, 모유 수유하랴, 밤잠을 잘 못 자는 날이 반복됐다. 퀭하고 초점 잃은 눈빛으로 멍한 상태일 때가 많았다. 아이에게 책을 읽어주다가 책을 내 얼굴에 떨어뜨리며 '악' 소리를 내기 일쑤였다.

한우 2++를 다지고 볶는다. 물론 나는 한 입도 맛보지 못한다. 나를 위한 음식을 준비할 틈은 없다. 밥을 먹는 둥 마는 둥, 배고픔을 달래는 식사가 잦았다. 모유 수유를 위해 가슴에 지퍼가 달린 수유복을 입고 있다. 무릎 튀어나온 바지, 목 주변 늘어난 티셔츠가 내 주된 복장이었다. 집에만 있으니 맨날 그 옷이 그 옷이다. 이미 출산 때 18kg 늘어난 몸은 거대해진 채로 멈추었다. 아이가 분명 태어났건만, 어째서 아기 몸무게만큼도 줄어들지 않는 것일까. 배도 임신 때처럼 볼록하게 그대로다. 늘어난 뱃살, 두꺼워진 옆구리살, 코끼리처럼 불어난 다리, 거울을 볼 때마다 내 모습이 못마땅했다.

밤새 잠을 잘 자는 아이들 이야기를 들을 때면 부럽다 못해 아이가 원망스러웠다. 우리 아이는 잠들기 전 잠투정이

   나를 먼저 안아주기로 했어

얼마나 심한지 악을 쓰다 잠들었다. 아기 띠를 안고 달래고 토닥이다 잠이 들면 내려놓는 방식으로 재웠다. 누워서 모유를 먹이다가 잠이 들면 조심스럽게 빠져나왔다.

그 당시 한창 엄마들 사이에서 '수면 교육'이 강조되던 때였다. 수면 교육과 관련한 책을 읽으니, 아이를 재워주는 게 아니라, 스스로 자도록 도와야 한다고 나왔다. 아이를 재우는 게 엄마의 몫이라 여겼는데, 잠은 누군가 재우는 게 아니라 스스로 자는 거구나 알게 됐다. 수면 교육해서 아이에게도 스스로 잠들 기회를 주고, 나도 좀 편해지면 좋겠다 기대했다.

수면 교육, 이 과제를 해내고 말리라 비장한 각오를 했다. 6개월 된 아이 눈을 바라보며 '오늘부터는 혼자 잠드는 연습하는 거야' 말했다. 아이는 자신에게 닥칠 상황을 예상치 못했겠지. 엄마 눈을 마주치고는 빙긋 미소 짓는다. 아이가 완전히 잠이 들기 전에 아이를 품에서 내려놓아야지! 다시 한번 다짐했다.

드디어 아이가 눈꺼풀을 비비며 잠 신호를 보인다. 바로 이때다. 아이를 품에 내려 방에 눕혀 놓고 방 밖으로 나왔다. 아이는 울기 시작했다. 5분이 지나도 울음이 멈추지 않았다. 이 정도야 뭐 울 수 있지. 10분이 지나도 울음이 멈추지 않았다. 흔들리지 말라고 했으니 두 손을 꼭 붙잡고 견뎠다. 10분이 더 지났는데도 아이는 악을 더 쓸 뿐이지 울음이 멈추지 않았다. 이런 순간이 고비라고 했다. 나쁜 버릇이 들지 않으려면 처음에 길을 잘 들여야 한다고 말을 기억해 냈다. 15분이 지났을까.

초보 엄마로서 아이의 울음소리에 안절부절못했다. 문밖에서 서서 문고리를 잡았다 놓았다 100번은 반복하며 들어갈까, 말까를 고민했다. 30분이 지나도 아이는 울음을 멈추지 않았다. 지금까지 울린 게 있으니 더 버틸까? 아니면 이대로 들어가서 아이를 안아줄까? 혼자 자게 하려는 시도가 아이에게 공포심을 주지는 않을까 덜컥 겁이 났다.

이런 생각에 휩싸이는 순간, 후회와 자책이 몰려왔다. 결국 아이의 울음소리에 항복이다. 문을 열고 방으로 들어갔다. 눈물 콧물 범벅이 되어 울고 있는 아이를 품에 끌어안으며 나도 꺼이꺼이 울었다. 아이에게 어떤 방법이 맞는지 잘 모르면서 아이에게 이 방법을 들이댔다는 자책에 머리를 쥐어박았다.

아이가 태어나기 전에는 좋은 엄마가 될 수 있으리라 자신했다. 막상 해보니 임신부터 출산까지 쉬운 일이 아니었다. 아이가 태어나니 더 큰 산을 오르는 기분이었다. 아이를 먹이고 재우는 단순해 보이는 일도 수없이 반복해야 하는 섬세한 기술이 필요한 일이었다. 좋은 엄마가 되는 길은 자동으로 이루어지는 일이 아니다. 마음과 신경을 모아 노력이 한 땀 한땀 쌓여야 하는 과정이었다.

학교를 졸업하면 공부도 끝나리라 생각했다. 그러나 웬걸. 진짜 배움은 엄마라는 자리에서 시작됐다. 조그만 아이 앞에서 이럴까, 저럴까를 백번도 더 고민하며 시행착오를 겪는다. 그동안 꽤 괜찮은 사람으로, 성품 좋은 사람으로 나를 포장하며 살았다. 하지만 아이를 키우면서 꼭꼭 싸매었던 포장지가 하나씩 벗겨진다. 우아하게 치장했던, 그럴싸하게 정돈된 겉모습을 내려놓으며 진짜 나라는 사람의 실체와 마주한다. 때론 넘어지기도 하고 실수하기도 한다. 하지만 괜찮다. 흔들흔들 넘어져도 오뚝이처럼 다시 일어나면 되니까. 좋은 엄마가 되는 길은 완벽함에서 시작되지 않는다. 오히려 넘어지고 실수하는 순간의 나를 먼저 안아줄 때, 그제야 비로소 엄마로서의 여정이 시작된다.

$$\textcircled{2}$$

흔들려도 괜찮아

언제 양수가 터지려나. 아이 출산 예정일까지 일주일 남았다. 자연 분만에, 많이 걷는 게 도움된다고 해서 일주일 동안 매일 세 시간을 걸었다. 산전 교육으로 라마즈 호흡법을 배웠다. 뻣뻣한 몸을 유연하게 하려고 요가 수업도 들었다. 크게 심호흡을 한번 했다. 이만하면 됐겠지.

출산 전 마지막 진료 시, 가족 분만실로 예약을 확정했다. 무통 주사 여부를 묻는 말에 신청하지 않았다. 진통을 온전히 느끼는 자연 분만이어야 한다는 생각에서였다.

11월 12일 새벽 4시 무렵, 축축하고도 미지근한 물이 다리 사이로 흘러내렸다. 미리 확인해 둔 출산 정보 덕분에 당황하지 않았다. 출산 후에는 며칠간 씻는 게 어렵다는 이야기를 들었던 터라 샤워를 먼저 했다. 서둘러서 병원에 갈 필요

　　　　　　　　　　나를 먼저 안아주기로 했어

는 없다고 해서 아침 8시까지 기다렸다가 병원으로 출발했다. 출산에 필요한 짐을 미리 챙겨 둔 덕분에 여유롭게 병원에 갈 수 있었다.

의사는 내진하더니 자궁문이 열리기 시작했다고 말한다. 이 정도 속도면 오후 세 시 정도에는 아이를 만날 수 있다고 했다. 점점 진통의 강도와 빈도가 세지기 시작했다. 진통이 시작되었다. 라마즈 호흡법을 배웠으니, 호흡을 몇 차례 시도해 보았다. '히-히-후'를 하면 통증이 분산되고 긴장이 완화된다고 했는데, 이건 뭐지. 영 효과가 없었다.

간호사의 내진은 피하고 싶었다. 간호사가 자궁 경부에 손을 넣어 자궁문이 어느 정도 열렸는지, 아기가 어느 정도 내려왔는지 확인했다. 도대체 몇 차례 내진을 마쳐야 아기가 나오는 걸까. 의사가 말한 오후 세 시가 됐는데, 이건 또 뭘까. 이쯤이면 아기를 만날 수 있다고 했는데 왜 아직일까.

간호사는 아직 아기 나오는 길이 절반 정도만 열렸다고 말한다. 진진통이 계속되더니 점점 강렬해졌다. 저녁 일곱 시가 되자, 간호사는 드디어 10cm 자궁문이 다 열렸다고 했다. 그 순간, '오! 이제 조금만 더 버텨보자. 다 왔다.' 하는 마음으로 안도했다.

간호사는 큰 목소리로 외친다.

"자, 이제 마지막 힘, 세 번만 주면 아이 나와요. 산모님!

제대로 힘줘 봐요!"

이게 웬걸. 얼굴에만 잔뜩 힘이 들어갔다. 간호사는 나에게 호통치듯, 제대로 힘을 주라고 말했다. 나야말로 간절했다. 안 되는 것을 어쩌란 말인가. 허리에는 칼로 긁는 듯한 통증이 전해졌다. 지구 중심부에서, 있는 힘껏 하반신을 잡아당기는 느낌. 이러다가 곧 내 하반신이 떨어져 나갈 것 같았다.

아이 머리는 골반 사이에 끼어 있었다. 진공 흡입기로 아이 머리에 눌러 붙여 밖으로 잡아당겨 보겠다는 등 의사와 간호사들이 나누는 이야기가 분주하게 들려왔다. 의사는 이내 결심한 듯, 내 머리 쪽으로 오더니 제왕절개를 하는 게 좋겠다고 권유한다. 이대로 자연 분만을 감행하면 아이의 귀 손상, 머리뼈 손상의 위험이 있을지도 모른다고 말한다. 마지막 산도를 통과해 아이가 나와야 하는데 이런 상태가 길어지면 아이 호흡 등에 문제가 생길 수 있다고도 덧붙인다. 출산의 마지막 순간, 결국 힘주기 앞에 주저앉을 것인가. 아니면 조금 더 버텨볼 것인가 고민이 커졌다. 하지만 지체할 시간이 없었다. 수술하기로 결정을 내렸다. 결국 16시간의 진통 끝에 제왕절개 수술을 하게 됐다.

그런데, 더 큰 고통은 바로 이때부터였다. 수술 동의하면 바로 수술 시작하는 줄 알았는데 그게 아니었다. 수술실 세

     나를 먼저 안아주기로 했어

팅하고 마취까지 준비 시간이 필요하다고 했다. 수술한다고 해서 이미 진행 중인 최고 강도의 진진통이 멈추지 않았다. 이러다 내가 먼저 죽겠구나. 온몸이 덜덜덜 떨렸다. 지금 당장 마취시켜 달라고 간호사에게 울부짖어도 소용이 없었다. 수술대로 가기까지 진진통을 겪어내야만 했다.

순조로운 출산을 기대했건만 내 예상과는 전혀 다르게 흘러갔다. 마음만 앞서 무통 주사를 왜 마다했을까. 미련하기 그지없는 결정이었다. 진통은 진통대로 다 겪고, 제왕절개로 아이를 낳다니. 아이를 건강하게 만났으니, 그것만으로도 감사해야 한다고 마음을 다독였다. 하지만, '실패감' 같은 마음이 나를 졸졸 따라다녔다. '자연 분만을 해내지 못했어'라며 자책했다. 더 힘을 잘 줬더라면 자연 분만에 성공하지 않았을까. 포기하지 않고 죽을힘을 다해 더 힘을 줬다면 아이가 나오지 않았을까. 여러 생각이 꼬리에 꼬리를 물었다.

자연 분만은 모성의 첫 번째 관문이라고 생각했다. 첫 번째 관문을 제대로 통과하지 못한 느낌을 떨치지 못한 채, 두 번째 관문을 만났다. 모유 수유였다. 이번만큼은 꼭 성공하고 싶었다. 초유가 아이의 면역에 좋다는 말에 한 방울이라도 흘릴까 조심하며 젖을 물렸다. 모유량을 늘리려고 미역국을 한 달 동안 먹었다. 미역국을 좋아했지만 매일 먹으려니 고역이었다.

아이가 먹는 양에 비해 모유량은 턱없이 부족했다. 아이에게 모유 먹인 후에도 유축기를 사용해 모유를 짰다. 모유가 잘 나오도록 가슴 마사지도 받았다. 그때까지는 그래도 괜찮았다. 문제는 산후조리원 생활을 마치고 집으로 돌아갔을 때였다. 갑자기 고열이 나기 시작했다. 오한이 왔다. 두들겨 맞은 것처럼 아프기 시작했다. 젖몸살이 온 것이었다. 가슴은 돌덩이처럼 딱딱해졌다. 손 하나 까딱할 힘조차 없었다. 출산이 겪을 수 있는 가장 큰 고통인 줄 알았는데 며칠 지나지 않아 또 하나의 큰 고통이 또 찾아왔다.

젖몸살을 풀어내기 위해 산후조리원 마사지사를 다시 찾았다. 막힌 유선을 풀어내야 했다. 살짝 스치기만 해도 아픈 가슴을 손으로 누르면서 유선을 풀어내는 마사지를 받았다. 살을 칼로 베는 것 같은 고통이었다. "아악, 악, 악" 소리가 절로 나왔다. 울면서 가슴 마사지를 받았다. 몇 차례 가슴 마사지를 받으면서 점점 유선이 풀렸다. 젖도 나오기 시작했고, 몸 상태도 좋아지기 시작했다.

세 번째 통과해야 할 관문은 이유식이었다. 아이가 6개월 무렵이 되자, 이유식 만들 시기가 되었다. 쌀미음으로 시작

 나를 먼저 안아주기로 했어

해서 점차 다양한 재료를 넣기 시작했다. 유기농이 좋다니 유기농 식품 조합에도 가입했다. 일주일에 한 번씩 필요한 식자재를 주문했다. 손이 서툴고 요리를 잘 못 하는 나에게 이유식 만들기 과정은 도전이었다. 주변에서는 이유식을 사서 먹이라고 추천했지만, 엄마의 사랑이 담긴 이유식을 먹이는 게 최고라 믿었기에 직접 만들고 싶었다.

잠들어 있는 아이가 잠에서 깨지 않도록 칼질도 조용히 했다. 때로는 아이를 포대기에 업은 채 요리를 하기도 했다. 채소와 고기를 다져 바로 먹일 이유식을 만들고, 나머지는 나중에 쓸 수 있도록 나눠서 냉동실에 얼렸다.

이유식을 완성하고 그릇에 담았다. 아기 의자에 아이를 앉혔다. 턱받이도 해 줬다. 숟가락에 떠서 호호 불어서 아이 입에 가져다 댔다. 아이는 입을 굳게 닫고 열지 않았다. '우와! 맛있다, 냠냠' 호들갑을 떨면서 아이를 어르고 달래 보지만 아이는 꿈쩍 안 한다. 고생해서 만든 이유식인데, 안 먹는다고? 속이 부글거리고, 아이에게는 소리를 지르고 싶어진다.

완벽한 엄마가 되고 싶었다. 아니, 될 수 있다고 믿었다. 임신의 과정부터 예상한 대로 흘러가지 않았다. 출산 과정도, 아이가 태어나고 키우는 과정까지도 쉬운 일이 하나도 없었다. 아이 음식 한 끼도 내 마음대로 되는 것이 아니었다.

아이를 낳고 키우면서 나의 욕심이 과했다는 것을 깨달았다. 마음만 앞섰던 욕심과 기대를 하나씩 내려놓으며 조금씩 겸손해진다.

왜 그때는 이런들 어떠하리, 저런들 어떠하리, 이런 마음을 갖지 못했을까. 해야만 한다는 강박이 나를 괴롭혔다.

아이마다, 엄마마다, 처한 상황은 모두 다르다. 모두에게나 똑같은 방법과 방식을 적용할 수 없다. 정답이 없다는 걸 알면서도 매 순간 정답을 찾기 위해 고군분투한다. 아이는 아이만의 속도로 자란다. 그 속도에 맞춰 나도 자란다. 단계마다 완벽하게 잘 해내려는 욕심보다, 흔들려도 앞으로 나가는 용기가 필요하다. 그 용기 덕분에 오늘도 한 걸음 또 나아간다.

③

모든 사람에게 사랑받고 싶어

"이 업무 누가 할래요?"

팀장이 묻는다. 정적이 흐른다. 연간 업무 계획에는 없던 일이 갑자기 생겼다. 하는 수 없이 누군가는 이 업무를 맡아야 하는 상황이다. 선뜻 나서는 사람이 없다. 어색한 분위기를 어쩌면 좋아. 아, 제발, 누가 좀 손들어주기를 간절히 바랐다.

나는 입사 1년 차였다. 간신히 업무 흐름을 파악한 신입이다 보니 이쪽저쪽 눈치를 살폈다. 손들고 자원해야 하는 걸까. 아무것도 모르면서 괜히 한다고 했다가 민폐를 끼치는 건 아닐까. 걱정되었다. 에라 모르겠다. 손을 조용히 들고 조심스럽게 말을 꺼냈다.

"잘할 수 있을지는 모르겠지만, 제가 한번 해 볼까요?"

앞에 있던 선임 대리는 눈이 동그래졌다. 진짜 할 수 있겠냐고 묻는다. 배우면서, 물어보면서 해 보겠다고 말했다. 모두 나만 아니기를 바라며 눈을 피하고 부담스러워하는 상황이었다. 본인들이 업무를 맡지 않게 되어 안도하는 눈치인 걸까. 아니면 내가 해낼 수 있을지 미심쩍어하는 눈치인 걸까. 입사 후, 선임들의 업무를 보조하는 역할을 했다. 이제는 한 걸음을 더 내디뎠다. 업무 하나를 온전히 맡은 것이다. 책임을 맡아 단독으로 할 기회를 얻었다.

입사 4년 차, 책상 모니터 앞에 '팀장이라면 어떻게 할까?'라는 문구를 포스트잇에 써서 붙여 놓았다. 열심히 고민해서 준비한 기획안과 보고서들이 팀장이 원하는 방향과 맞지 않을 때가 있었다. 열정만 앞서 놓치고 있는 것이 많았나 보다. 팀장 입장이라고 생각하며 일하니, 일하는 마음가짐도 달라졌다. 팀장이 어떤 이야기를 건네든 '네 알겠습니다, 네, 열심히 해 보겠습니다.'라고 받아들였다. 업무를 조금 더 높은 차원에서 생각해 보고, 전체 사업의 흐름은 물론 다른 사람들과의 조화까지 고려하게 됐다. 이런 마음가짐과 태도로 일하다 보니 예뻐하는 상사들을 많이 만났다. 어떤 팀장은 나를 보며 '내 어린 시절 모습을 닮았어'라며 매우 흐뭇해하기도 했다.

    나를 먼저 안아주기로 했어

어느덧 입사한 지 18년이 흘렀다. 이제는 '제가 하겠습니다' 보다는 '이 업무 누가 할래요? 김 대리님이 할래요?'를 말해야 하는 팀장이 되었다. 연중 계획된 업무뿐 아니라 수시로 밀려오는 업무들도 많았다. 이제는 그 업무들을 팀원들에게 배분하며 일을 해야 한다. 새로운 업무 얘기를 꺼낼 때마다 직원들의 표정을 살핀다. 처음에는 직원들의 부담스러워하는 표정을 견디기가 어려웠다. 팀원들에게 업무를 계속 얹어주는 입장이다 보니, 괴롭히는 사람이 되는 느낌이 들었기 때문이다.

어느 날이다. 팀원이 나에게 메시지를 보냈다. 잠시 따로 이야기를 좀 나누고 싶다고 한다. 무슨 일일까. 무슨 어려운 상황이 생긴 걸까. 퇴사 이야기일까. 걱정하는 마음으로 팀원과 회의실에 마주앉았다. 팀원은 눈물을 글썽거리며 '자기가 올린 보고서에 수정 사항을 너무 많이 말한다. 피드백을 자꾸 받으니, 자신이 없어진다'라고 말한다. 그 말을 듣는 순간 반사적으로 내 목구멍까지 말이 튀어나온다. '아니, 그러면 보고서를 제대로 써야지. 수정할 게 많은데 어떻게 하라는 거야?' 하지만 정신을 부여잡고 꿀꺽 말을 삼켰다. 애써 침착한 표정을 지었다. 어떻게 대화를 풀어 나가야 하는 걸까. 심장이 쿵쾅거렸다.

팀원의 불만 사항을 들으며 목 뒷덜미가 뜨거워졌다. 팀장으로서 업무에 대한 꼼꼼한 피드백을 주어야 한다고 생각했다. 그게 팀장의 도리이자 책무라 믿었다. 문서를 보면서 잘못된 방향을 잡고, 글을 다듬어야 한다고 생각했다. 오탈자 수정도 필수 작업이라 여겼다. 팀원의 업무를 세세하게 검토하고 피드백 준다면 고마워할 것이라는 생각했는데, 그건 나만의 큰 착각이었다. 더 좋게 만들려는 나의 의도가 제대로 전달되지 않는다니 도대체 뭘 하고 있었던 걸까.

입사 이래로, 여러 부서를 거치면서 다양한 리더를 만났다. 보고서에 조사 하나까지 검토하는 리더부터, 결재 올리자마자 승인하는 리더까지 속도도 제각각, 업무 스타일도 다 달랐다. 업무에 관심을 가지면서, 꼼꼼하게 피드백을 주는 리더가 능력 있는 리더로 보였다. 업무에 대한 열정과 전문성이 있으니 가능한 것이리라 여겼다. 내 눈에 좋아 보였던 리더 스타일을 나도 모르게 닮아가고 있었다.

팀원들이 좋아하는 팀장이 되고 싶었다. 그래서 칭찬과 격려만 하고 싶었다. 하지만, 어디 팀장이 칭찬과 격려만 하면서 업무를 할 수 있겠는가. 늘 좋은 이야기만 해 주고 싶은 마음과 달리, 팀장은 싫은 이야기, 지적 사항을 많이 말할 수밖에 없는 자리다. 작성한 보고서에 있는 오류 사항을 알려 줘야 하고 직원들이 하기 싫어하는 업무를 하라고 지시해야 하기도 한다. 갑작스럽게 발생하는 업무와 조정해야 할 업무들이 많았다. 특히, 갑작스럽게 하루 이틀 안에 해야 하는 업무가 내려오면 팀원에게 '이 업무 바로 좀 해 줘요'라고 말해야 한다.

예전에는 팀원이 어딘가 불편한가. 기분은 괜찮은가를 많이 살폈다. 그들의 표정과 마음을 살피다 일도 안 되고 나도 상처받을 때도 있었다. 그동안 주변 사람의 기분을 살피느라 내 마음과 생각은 저 멀리 치워두었다. 사람들의 감정을 돌보느라 에너지를 소진하며 살았다. 하지만 내가 아무리 좋은 뜻을 갖고 소통하기 위해 노력한다 해도, 내 의도는 상대방이 어떻게 받아들이냐에 따라 달라진다. 여러 가지를 고려하여 조심스럽게 결정한다 해도 모든 사람의 마음에 100% 만족하는 결정이란 존재하지 않는다. 게다가 나의 업무 스타일을 좋아하는 사람도 있고, 싫어하는 사람도 있을 수밖에 없다.

모든 사람을 만족시킬 수는 없다. 나는 내 할 일을 하고, 다른 사람은 다른 사람의 일을 하는 것이다. 각자의 몫을 충실하게 감당하면서 자신의 책임을 다하는 길이 가장 현명하다.

마음은 쓰라렸지만 솔직하게 용기 내어 말해준 팀원에게 고마운 마음이 들었다. 그 덕분에 내가 좋다고 여긴 방식이 모두에게 도움이 되는 방식이 아니라는 걸 배웠으니 말이다. 이제는 좀 더 힘을 빼고 보고서를 검토하는 중이다. 업무의 목적과 방향과 맞지 않는 경우엔 짚어준다. 개인마다 글을 쓰는 습관이나 표현 방식은 다를 수 있으니 오류 사항 중심으로 문장을 검토한다. 꼼꼼함과 느슨함, 그 어딘가를 서성이며 나는 오늘도 균형을 맞추기 위해 노력한다.

모두에게 사랑받을 수 없다는 것을 마흔 넘어서 조금씩 받아들이기 시작했다. 상대방이 나를 좋아하는 건 나의 영역이 아니다. 그 사람만의 마음이다. 내가 할 수 있는 나의 영역은 내가 사랑할 사람들을 온전히 사랑하는 것뿐이다.

다른 사람에게 잘 보이기 위해 애쓰던 마음을 거둬들인다. 다른 사람에게 향해있던 나의 시선을 내 마음으로 돌린다. 그 에너지를 이제는 나를 위해 쓰기로 한다. 나 자신을 사랑하기에도 하루가 너무 짧다.

④

실패 없는 인생을 위하여

　　대학 수능만 보면 더 이상 시험 없는 인생을 살 줄 알았다. 마흔 중반을 보내며 지금도 시험을 볼 줄은 몰랐다. 2025년 8월, 상담사 1급 필기시험을 치렀다. 직장 다니랴, 공부할 겨를도 없이 바쁜 여름을 보낸 터라 괜히 시험을 신청했나 후회했다. 취소할까? 사이트에 들어가 보니, 이미 환급 불가 시기였다. 12만 원이나 되는 시험 응시료가 아까워서라도 시험을 보러 갈 수밖에 없었다. '공부해야 하는데'라고 생각만 하고 공부는 못 하니, 스트레스만 받았다.

　　살아가면서 여러 시험을 치렀다. 유년 시절은 물론 대학에서도 중간, 기말고사부터 수시로 내는 쪽지 시험과 리포트까지. 졸업 요건으로 영어 시험과 졸업 시험도 치러야 했다. 대학 졸업과 동시에, 더 큰 세상으로 나가려면 또 한 차례 입사

시험이라는 파도를 이겨내야 한다. 서류 전형, 필기시험, 면접시험을 거친다.

입사하면 한숨 돌릴 줄 알았는데, 사회생활은 더 큰 전쟁터였다. 계속 배우고 공부해야 했다. 서른일곱, 가족 상담 공부를 위해 대학원에 들어갔다. 새롭게 시작하게 된 공부에는 시험이 줄지어 기다리고 있었다. 매주 리포트를 내고, 중간, 기말고사도 봐야 했고 종합시험도 봐야 했다. 대학원을 졸업한다고 해서 상담사가 되는 게 아니었다. 졸업과 별개로 상담사 자격증 시험을 봐야 한다. 국가 자격 2개와 공신력 있는 상담학회 자격증까지 도전하기로 했다.

2020년, 국가 자격증인 청소년 상담사 2급 필기시험에 합격하며 한고비를 넘겼다. 퇴근 후, 졸린 눈을 비비며 새벽까지 공부한 보람이 있었다. 끝이 아니었다. 면접을 준비해야 했다. 면접시험까지 두 달이 남았다. 10년 치 기출 문제를 읽어보며 정리하기 시작했다. 면접은 상담 사례에 대한 집중 인터뷰 시간이라고 했다. 전문 지식을 바탕으로 상담에 대한 본인의 소견을 답할 수 있어야 한다. 수천 상담 사례 중 어떤 사례가 나올지 모른다는 생각에 심장이 두근거렸다. 과연 잘해낼 수 있을까.

퇴근 후 책상에 앉는다. 걱정할 시간에 사례 하나라도 더 읽어야 한다. 사례에 맞는 이론을 찾아 정리한다. 사례별로 나만의 생각을 적어본다. 내담자가 보이는 증상들은 어떤 정신 진단과 연결되는 걸까? 어떻게 내담자를 도우면 좋을까, 어떤 상담 이론을 적용해 볼 수 있을까? 답변을 생각해 보고 소리 내어 말해 보기도 했다.

드디어 면접 날이다. 면접 10분 전 대기실에서 사례에 대한 요약본 한 장을 받았다. 부리나케 내용을 읽었다. 어떤 증상과 어려움을 보이는지, 어떤 개입과 치료 방법이 도움이 될지 등 내용을 정리해 보았다. 내 이름을 부르는 호출을 듣고 면접장 자리에 앉았다. 면접관은 세 명이었다. 가운데 면접관이 먼저 질문을 던진다. 종이에 적힌 사례의 주인공이 심리 검사를 받는다면 어떤 그림을 그렸겠냐는 질문이었다. 내담자가 그린 그림과 내담자의 심리를 연결해서 해석해 보라고 했다. 순식간에 심장이 차가워졌다. 짧게 심호흡을 한 후, 떠오르는 생각을 빠르게 정리해서 대답했다. 맞게 대답한 걸까. 표정이 없는 면접관들 앞에서 마음이 얼어붙었다.

다른 면접관은 사례에 나온 아이와 가족의 특성을 심리 이론과 연결 지어 설명해 보라고 했다. 사례 속에 있는 가족은 복잡한 문제와 어려움이 산적해 있는 상태였다. 이 중에도 강점을 찾아내어 언급했다. 강점을 바탕으로 상담 치료로 참여를 이끌어 보겠다고 했다. 답변을 마치자마자 다음 질문이 계속 날아드는 탓에 심장이 점점 쪼그라드는 기분이었다. 이러다 곧 숨이 멎어 죽을지도 모르겠다고 생각하는 순간, 한 명의 면접관이 더 이상 질문이 없으며 면접을 마쳤다고 말했다. '감사합니다'라고 인사를 하고 문밖을 걸어 나왔다. 휴, 하고 큰 숨을 내쉬었다.

직장에서도 시험을 피해 갈 순 없었다. 근무 연수에 따라 대리, 과장, 차장 승진 시험을 봐야 한다. 차장 승진 면접을 앞둔 날이었다. 어떤 옷을 입어야 단정하게 좋은 인상을 남길 수 있을까. 이 옷 저 옷 걸쳐본다. 치마와 재킷 정장을 꺼냈다. 정장에 몸을 욱여넣었다. 그 사이 살이 얼마나 쪘는지 옷이 다 꽉 끼거나, 들어가지 않았다. 특히 늘어난 뱃살로 인해 정장 치마 지퍼는 올라가지도 않았다. 면접을 보기 전부터 자괴감이 든다.

도대체 몇 킬로가 된 걸까. 체중계에 올랐다. 인생 최대 몸무게를 눈앞에서 확인했다. 직장에서 근무 연수가 쌓이는 동안 살도 함께 쌓인 걸까. 근무 연수에 맞춰 차곡차곡 1킬로씩 쪘다. 전문지식이 이 정도 쌓였다면 최고 전문가로 인정받았을 텐데. 몸무게 증가분만큼 일한 능력으로 가산점을 준다면 얼마나 좋을까. 그럼, 바로 합격일 텐데, 이런 쓸데없는 상념

 나를 먼저 안아주기로 했어

에 빠졌다.

두 아이를 출산하면서 육아 휴직과 일반 휴직을 4년 연속했다. 그로 인해 차장 승진 시험이 다른 동기들에 비해 4년이 늦어졌다. 이미 나보다 앞서 동기들은 이미 승진 시험을 치렀다. 인사 방침으로 차장 승진 비율이 30% 정도에 불과하다는 이야기를 들었다. 시험을 보면 3명 중 2명은 떨어진다는데 나는 그 안에 들 수 있을까. 지난 몇 해 동안 동기 중에는 차장 시험에 한 번에 붙은 사람도 있었지만, 여러 차례 떨어진 사람도 있었다. 어떤 이는 실망감, 좌절감에 퇴사하기도 했다.

차장 시험을 앞두고 부담이 커졌다. 잘해야 한다는 압박감과 함께 4년이 늦어진 만큼, 나는 한 번에 붙어야겠다고 생각했다. 10년 넘게 내 몸과 영혼을 바쳐 일했으니, 수고를 인정해 달라고 말하고 싶었다. 야근을 매일 하고, 때론 새벽까지 일하고, 일밖에 모르는 일 중독자라는 소리를 들어왔다며 합격시켜달라고 조르고 싶었다. 만약 시험에 떨어진다면, 그동안의 수고와 노력이 부정당하게 될까, 미리 걱정했다. '그동안 열심히 일했는데, 나를 떨어뜨린다고? 억울해. 말도 안 돼'라는 마음이 올라왔다. 만약 시험에 떨어진다면 어떻게 해야 할까? 퇴사해야 하는 걸까. 얼굴을 어떻게 들고 다닐까.

시험을 보기 전부터 좋지 않은 결말에 대한 상상이 꼬리에 꼬리를 물었다.

인생은 계속되는 시도와 도전의 연속이었다. 실패하지 않으려고 안간힘을 써 온 시간. 온몸에 힘을 주고 살아왔다. 실패할까 잔뜩 긴장하고 염려하는 모습이었다. 존 크럼볼츠의 『빠르게 실패하기』라는 책에서는 실수를 당연하게 여기고, 빠르게 실패하라고 했다. 하지만 여전히 용기 내기가 쉽지 않다.

이 글을 쓰면서도 실패하지 않기 위해 글을 몇 번이나 썼다 지웠다 했는지 모른다. '나는 잘해야만 해. 나는 합격해야만 해'라는 부담 속에 살아왔다. 다른 사람들에게는 실패를 두려워하지 말라고, 마음껏 실패하라고 말하면서도 정작 나 자신에게는 엄격하게 굴었다.

시험의 합격률이 30%라면 70%는 떨어지는 게 당연하다. 나라고 항상 30% 안에 들 수는 없는 노릇이다. 그런데, 항상 그래야만 한다고 생각했다. 시험에 떨어지면 인생에 실패한다고 치부해 버리는 옹졸한 사람이었다. 시험 합격이 성공과 같은 개념이라고 생각하는 큰 착각을 하고 있었다. 그러니, 시험 합격은 내 인생에 필수 값이었다. 그러니 불합격을 두려워하며, 시작하기도 전에 걱정을 산더미만큼 하며 살아왔다.

완벽이라는 게 어디에 존재하나. 매일 넘어지고 실패하는 게 인생이지 않은가. 실패를 두려워하여 아무것도 하지 않는 것이 가장 큰 실패다. 인생을 살아보니 눈에 보이는 시험 결과 합격, 불합격이 내 인생 전체를 대변해 주지 않는다. 그것은 살아가면서 치러야 할 작은 돌부리에 불과하다. 그 돌부리에 걸려 넘어지더라도, 하나씩 털고 계속 걸어나가는 게 중요하다. 실패해도 괜찮다. 실패하는 과정에 더 큰 배움과 성장이 있기 때문이다.

(5)

책임감에도 휴식이 필요해

"저는 첫째 딸로 태어나 책임감이 강합니다."

나의 자기소개서에도 기록했고, 다른 사람에게 나를 소개할 때도 빠짐없이 등장하는 문구다. 누군가 나의 장점이 무엇이냐고 물으면, 빼놓지 않고 '책임감'을 말했다. 어디에 있든, 무엇을 하든 맡겨진 일을 소홀히 하거나 대충하지 않았다. 맡겨진 일에 모든 힘을 모아 해냈다.

학창 시절, 학교를 잘 다니는 게 학생의 책임이라고 생각했다. 초, 중, 고등학교 12년 개근을 했다. 대학 때도, 수업 한번 빠지지 않았다. 코로나19 이후, 아프면 집에서 쉬는 것이 당연한 일상이 되었지만, 어린 시절에는 몸살이 나도 학교에 갔다. 아파도 학교에서 아파야 한다고 여겼다.

직장 생활의 연차가 쌓일수록 맡겨진 일의 가짓수는 많아졌다. 일의 크기도 점점 커졌다. 입사한 지 3년 차, 아동 학대 예방의 날을 맞이하여 행사 책임을 맡았다. 내부 행사와 외부 행사를 기획하고 진행해야 했다. 식순 구성, 내빈 초대, 초대 가수 섭외, 홍보 대사 위촉식, 퍼포먼스까지 기획해야 하니 챙겨야 할 게 일이백 가지가 넘었다. 식순에 있는 사람들과 사전에 소통하고, 당일에 무대에 세우는 일까지 세밀하게 확인해야 할 부분이 많았다. 현수막, 식순지 제작부터, 음향과 무대 PPT도 준비해야 한다. 행사 당일에는 식순 참가자 도착 확인부터 무대 뒤의 대기실 확인, 이후에는 식순에 맞춰 대기자들이 무대에 올라가야 했다. 순서 맞추고 내려와 퇴장 후 홍보 대사 배웅까지. 신경 쓸 일이 한두 개가 아니다.

내부 행사뿐 아니라, 행사장 로비를 활용하여 전시를 기획했다. 전시는 시민 참여형 사진 전시였다. 몇 개월 전부터 포털 사이트 담당자와 접촉하고 이 업무의 취지와 특성을 알리며 협력을 끌어내는 것부터 쉬운 일이 아니었다. 결국 함께 하기로 하여 시민 참여형 사진 공모전을 열었다.

공모전 출품작 선발을 위해 사진 전문가를 섭외하고, 심사위원을 구성했다. 수상작을 선정하고 상장을 만들고 선물을 구매하는 일까지 완료했다. 선정된 사진을 인화하고 액자로 만드는 일은 자원봉사자를 모집해서 진행했다. 대상 작품부터 최우수, 우수, 장려상, 가작까지 총 30여 개의 사진을 인화했다. 작품 소개까지 액자에 붙이고 나니, 전시할 액자가 드디어 완성되었다.

혼자서는 다 할 수 없기에 업무 분담을 나누어 동료에게 분담했다. 업무를 맡기고 나서도 자꾸 걱정되어 중간중간 계속 점검했다.

"대리님, 이거 됐나요? 지금 이거 해야 하지 않아요?"

조바심을 내며 자주 물었나 보다.

"아, 제발 좀!!! 내가 맡은 건 잘 준비하고 있으니 걱정하지 말아요."

동료가 버럭 소리를 높인다.

드디어 행사가 다음 날이다. 행사 전날, 행사장 로비에 가서 진행되는 사진을 세팅해야 했다. 완성된 액자를 조심스레 이동시켜 제작된 포토월에 사진 액자를 걸었다. 포토월에 사진을 다 걸고 나니 그럴듯한 전시장이 되었다. 행복한 가족의 모습이 담긴 수상작을 바라보니 웃음이 나왔다. 행사 당일, 수상자와 행사 참여자들이 액자를 보고 마음이 행복하면 좋겠다고 속으로 빌었다.

드디어 날이 밝았다. 행사 날을 위해 몇 개월을 고생했던

　　　　　　　　　　　나를 먼저 안아주기로 했어

가. 오늘 행사, 부디 잘 마치자! 결연한 의지를 다지며 새벽 일찍 서둘러 출근했다. 11월의 차가운 바람을 뚫고 아침 7시 무렵, 행사 장소에 도착했다. 로비로 들어섰는데 '어, 이 싸한 느낌은 뭐지'하며 불길한 기운이 감돌았다.

바닥에 떨어져 있는 액자가 바닥에 떨어져 있다. 어제 미리 다 설치하고 갔는데 이게 무슨 일인가. 바닥에 떨어진 액자처럼 내 심장도 쿵 떨어졌다. 액자 무게를 견디지 못해 포토월에서 떨어진 상황이었다. 행사 시작 전까지 액자를 어떻게 다시 걸어야 할까. 액자를 고정할 고리를 어디에서 구해야 하나. 인근 화방을 검색했지만, 이 시간에 문을 열었을 리가 없었다. 마음은 급하고 방법은 떠오르지 않아 발을 동동 굴렀다. 사진 전시를 다시 복구하기 위해 아침부터 발에 땀나게 뛰어다녔다. 다행히 고리를 구해와 다시 한번 포토월에 붙였다. 그리고 액자 뒤에 보이지 않게 테이프 작업을 덕지덕지해서 단단히 고정했다. 행사 마치는 저녁까지 제발 잘 붙어 있어 달라는 기도가 절로 나왔다.

몇 해 후, 발령이 나서 새로운 부서에서 사업장 지원 업무를 맡게 됐다. 전국 사업장에서 사용할 연 사업계획서 양식과 가이드를 제작해서 배포해야 하는 업무였다. 제대로 양식을 내려보내야 각 사업장에서 한해의 사업을 잘 준비하고 계획할 수 있다. 사업장 유형이 여러 형태이다 보니 양식도 다양할 수밖에 없다. 수식 오류가 있거나, 가이드가 분명하지 않으면 전국 사업장과 직원들이 고생하게 된다. 오류가 있으면 그들이 자료를 제출한 이후에도 우리가 이를 취합하고 정리하는 데 어려움이 생긴다.

실수 없이 제대로 해야 한다고 생각하며 신경을 곤두세웠다. 양식을 만들고, 예시를 입력해 보며 시뮬레이션을 몇 차례 돌려 보았지만, 오류 사항이 계속 발견됐다. 다시 고치고 수정하기를 몇 차례 반복했다. 배포해야 하는 시기가 다가오니 마음이 조급했다.

더 이상 미룰 수 없는 날이 왔다. 며칠째 야근이었는데, 이 날은 자정이 넘도록 퇴근하지 못했다. 허리가 뻐근하고 묵직했다. 뱃속에는 소중하게 기다렸다 찾아온 아기가 있었다. 무리하면 안 되는데 걱정하면서도, 그나마 임신 중반부를 넘겼으니 다행이라 여겼다.

계획서 양식과 가이드를 공문 발송했다. 전국 사업장 직원들이 잘 이해할까? 작성하면서 어렵지는 않을까? 오류 사항은 더 이상 없을까? 이런저런 걱정에 마음을 놓을 수가 없었다. 사업계획서 양식을 만드는 일까지는 나의 업무다. 하지만 작성은 결국 사업장 직원의 몫이다. 나는 그 걱정까지 끌어안으며 걱정을 사서 하는 사람이었다.

　　　　　나를 먼저 안아주기로 했어

주어진 임무나 의무를 중요하게 여기며 살아왔다. 가진 능력에 비해 큰일이 맡겨질 때면 능력이 없다는 게 들통나려나 걱정했다. 그래서 남들보다 두 배, 세 배는 노력해 왔다. 다른 사람에게 일을 맡기거나 시키기도 쉽지 않았다. 차라리 내가 하고 말지 하며 혼자 해내려고 했고, 어쩔 수 없이 일을 맡기고 나면 걱정하며 불안해했다.

해야 할 일 이상으로 힘을 쓰고, 하지 않아도 될 일까지 걱정하며 마음 졸일 때가 얼마나 많았는가. 예상치 못한 일들이 벌어지기 마련인데 그럴 때마다 스트레스받으며 살았다.

할 수 있는 일과 하지 못하는 일을 구분해야 하는 지혜가 필요하다. 모든 일을 다 하는 게 책임감이 아니라는 사실을 이제야 깨닫는다. 야외에서 행사해야 하는 상황이라고 생각해 보자. 만약 갑자기 폭우가 쏟아진다면 그것을 멈추게 할 능력은 나에게 없다. 그 상황에서 어떻게 대처하느냐, 그것만이 내가 할 수 있는 일이다.

책임감에도 휴식이 필요하다. 폭우가 쏟아질 때는 잠시 멈춰야 하는 순간이다.

고개를 들어 폭우가 쏟아지는 하늘을 쳐다본다. 투투투둑, 빗소리가 시원하게 내 마음을 적신다.

6

의무감과 작별하는 중

아이를 낳고 조리원에 들어갔다. 수유실에 앉아 수유한다. 자연스럽게 엄마들과 말을 나누게 된다. 맞은 편에 앉아서 수유하던 엄마가 나에게 말을 건다.

"이름이 뭐예요?"

"아, 안녕하세요. 저는 조보라입니다."

그 엄마는 당황한 눈치다. 내 이름이 아니라 아이 이름을 물었던 거였다. 아이가 태어난 이후, 나의 이름 따윈 중요하지 않았다. 이름, 직책 등으로 불리는 게 아니라 누구 엄마로 불리게 되었다.

엄마 역할이 무엇일까? 아이 씻기기, 밥 먹이기. 재우기 등 가장 기본 생활부터 아이와 놀아주고 학습을 지도하는 것까지 할 일이 많다. 퇴근 후 집안에 들어서는 순간, 궁둥이 붙

　　　　　　　　　　　　나를 먼저 안아주기로 했어

일 틈도 없이 곧바로 집안일을 시작한다. 자기 전에는 아이들과 누워서 책을 읽는다. 짧은 시간이라도 아이들에게 다정한 시간을 만들어 주겠다는 마음으로 책을 낭송한다. 재능도 없는 연기를 펼치며 책 속의 인물이 된다. 그러다가 갑자기 잠이 술술 온다. 아이들에게 책을 읽어주겠다는 열정은 금세 사그라든다. 깜빡 잠이 들기라도 하면 아이는 나를 흔든다.

"엄마, 일어나. 책 읽어야지?"

결혼 초반, 남편을 위해 아침 식사를 차렸다. 야근하고 피곤한 날이어도, 그다음 날도 어김없이 식사를 챙겼다. 아직도 꿈나라인 남편을 깨워 밥 먹으라고 불렀다. 남편은 밥 생각 없다며, 더 자고 싶다고 말한다. 나도 더 자고 싶은데, 아침에 일어나 힘들게 밥 차린 건데! 근데 뭐, 안 먹겠다고? 남편의 뒤통수를 때려주고 싶었다.

결혼 전, 할 줄 아는 음식은 몇 가지 없었다. 달걀 프라이와 볶음밥 정도랄까. 그런 내가 결혼 이후에 갑자기 집에서 요리해야 한다니, 인터넷을 찾아보면서 간신히 메뉴 하나 만들기도 어려웠다. 처음에는 감자볶음, 김치찌개 만드는 데도 한 시간이 걸렸다. 나름 힘들게 만들었는데, 남편이 먹지 않겠다고 하는 날은 부아가 치밀었다.

어느 날, 남편이 '김치 좀 잘라줘' 말했다.

"당신은 손이 없어? 발이 없어? 직접 잘라먹으면 되지! 그걸 왜 나한테 잘라달라고 하는데?"

퉁명스럽게 소리를 높였다. 남편은 나의 반응에 당황하여 기어들어 가는 소리로 말한다.

"김치 잘라 본 적이 없어서 그래."

"흥, 나도 해 본 적 없거든. 당신이랑 똑같거든."

성난 사자처럼 포효한다. 그저 김치 하나 잘라달라고 했을 뿐인데, 내 안에 있는 원망과 불만들이 화산 폭발하듯 터져 나온다. '나 지금은 바쁘니까, 못 해요. 직접 잘라 먹어요'라고 간단하게 말할 수도 있었을 텐데, 그날따라 내 속이 심하게 꼬여 있었나 보다. 남편 손과 발이 있는지, 없는지까지 들먹이며 거칠게 반응했다.

야근까지 하고 뒤늦은 퇴근길, 터덜터덜 지친 걸음으로 집 안에 들어선다. 남편과 아이들은 모두 잠들어 있다. 개수대에 담겨 있는 그릇들, 아일랜드 식탁에는 물컵, 물통, 책, 휴지, 마스크, 머리끈, 빵, 과자, 물티슈, 약, 비타민 등 온갖 물건들이 잔뜩 펼쳐져 있다. 이뿐이랴! 건조기 앞에 쏟아져 나와 있는 옷가지들, 거실 공용 책상 위에 펼쳐져 있는 책들과 공책, 여러 자루의 펜. 의자에는 옷까지 걸려 있다.

   나를 먼저 안아주기로 했어

퇴근길, 집 도착하면 씻자마자 바로 누워야지 생각했다. 그런데 집에 도착하니, 해야 할 일이 산더미처럼 쌓여 있다. 순식간에 피가 머리 위로 솟구치는 이 기분. 정신이 확 들면서 도대체 집안 꼴이 이게 뭐야. 한숨이 절로 나온다. 집 밖으로 도망치고 싶어진다.

지금 나는 선택해야 한다. 자정 12시가 다 되는 이 시간에, 눈앞에 보이는 집안일들을 다 하고 새벽에 잘까. 아니면 질끈 눈 감고 잘까. 이내 정리하고 자기로 마음먹는다. 시작 전부터 한숨이 나온다. 거실 바닥에 있는 옷가지, 봉투 등을 정리한다. 그다음 설거지를 시작한다. 평소에도 싱크대에 그릇이 남아있으면 마음이 영 개운치가 않다. 평소에도 개수대에 물컵이 있으면 바로 씻어서 건조대에 올려야 한다. 싱크대에 있는 그릇부터 설거지했다. 다음으로는 아일랜드 식탁 위 잡동사니 정리에 들어간다. 아이들 물건들은 아이들 방에, 남편 물건은 남편 물건 함에, 쓰레기는 쓰레기대로 아일랜드 식탁 위를 깨끗하게 정리한다. 이제야 후련하다. 이제 잠을 자러 가야지.

남편과 아이들의 눈에는 전혀 거슬리지 않는데 나는 왜 거슬릴까. 결국, 눈에 거슬리는 사람이 치우게 된다. 다음 날, 가족들에게 왜 나만 고생해야 하는 거냐며 원망의 말을 해

본다. '제발 좀! 정리 좀 하고 살자!' 목소리를 높인다. 그 순간뿐이다. 계속 말해 봤자, 내 입만 아프다. 남편도 챙겨야 하고, 아이들도 챙겨야 한다. 집안일은 해도 해도 끝이 없다. 집안일 할 때마다 단전 깊은 곳에서부터 쑥 솟아오르는 화. 요 녀석은 도대체 어디에 숨어 있다가 나타나는 걸까.

"그냥 둬, 할 수 있을 때 하면 되지!"

남편이 자주 하는 말이다.

싱크대 개수대에 그릇들이 차고 넘칠 정도도 아니잖아? 그릇들을 모아 두고 설거지한다고 뭐 큰일 생겨? 건조기에서 바로 꺼내서 옷을 입고 수건 꺼내서 쓰면 누가 잡아가나? 책 읽고, 글 쓰라고 있는 책상인데, 책, 공책, 펜이 책상 위에 정돈되지 않고 펼쳐져 있으면 뭐가 문제인가? 좀 어지러운 상태로 살면 안 되는 것일까?

아이들을 잘 챙기고 싶었다. 남편을 훌륭하게 내조하고 싶었다. 집안도 남들 보기에 좋게 깔끔하게 정리 정돈하며 살고 싶었다. 결국 다른 사람들 보기에 좋은 엄마, 아내, 주부로 인정받고 싶었다. 어느새 의무감에 사로잡혀 나도 괴롭히고, 가족들도 괴롭히고 있었다. 내 이름은 사라지고, 엄마, 아내라는 이름만 남은 느낌이다.

내 몸을 혹사하면서, 가족들에게 원망을 쌓아간다면 누구

　　　　　　　　　　　나를 먼저 안아주기로 했어

에게 좋은 건가? 집안 정돈 안 된 채로 산다고 하늘 무너지지 않는다. 매일 깨끗하고, 정돈된 집은 아무도 살지 않는 빈집이나 견본 주택에서나 가능하지 않을까. 사람들이 살아가는 공간이라면 어지럽혀져 있기도 하고, 지저분하기도 할 테다. 또한 여러 물건도 쌓일 수밖에 없다. 그러다가, 한 번씩 정리 정돈하고, 대청소하면서 살아가는 게 자연스러운 모습이겠지.

나는 훌륭한 엄마, 아내, 주부가 되겠다는 의무감과 작별하려 한다. 이룰 수도 없고 달성되지도 않는 신기루 같은 모습을 정해놓고 이상을 좇으며 살아왔다. 부족한 엄마, 허술한 아내, 주부 0단이라는 것을 인정하기까지 꽤 오랜 시간이 걸렸다.

겉모습에만 치중해서 사랑하는 사람들과 함께하는 시간과 과정을 놓칠 때가 많았다. 아이가 '엄마, 이거 진짜 맛있다'라고 말할 때 아이 눈을 바라보기. 하루의 끝에 남편의 어깨를 토닥이며 오늘도 수고했다고 말하기. 설거지하면서 깨끗해진 그릇을 보고 '오늘도 애썼네'라고 자신을 격려하기. 아주 작은 일에도 사랑을 담으며 감사로 채워지는 하루를 보낸다.

(7)

대기만성형 인간은
오늘도 진행 중

20대 시절, '바람의 딸, 한비야'를 흠모하며 세계를 누비는 꿈을 품었다. 세계 곳곳을 다니며 도움이 필요한 사람에게 찾아가고 싶었다. 꿈꾸는 모습에 한 발짝 가까이 다가가기 위해 국제 구호 단체에 취업해야겠다고 결심했다. 운 좋게도 국제 구호 사업을 하는 기관에 취업할 수 있었다.

하지만, 나의 꿈과는 달리 국내 사업 분야인 아동 학대 부서로 발령이 났다. 그럼 그렇지, 영어도 못 하면서 헛된 꿈이었다 싶었다. 순환발령 구조이니 언젠가 그 일을 할 수 있으리라는 기대를 접지 않았다. 어느새 입사하고 18년이 흘렀다. 이제는 국제 구호 사업은 나와는 거리가 멀어도 한참 먼 이야기가 되어버렸다.

2008년 입사하며 아동 학대 분야의 업무를 시작하고서는 4년이 채 되지 않아 다른 부서로 발령이 났다. 전혀 또 새로

   나를 먼저 안아주기로 했어

운 업무를 하게 됐다. 몇 해가 흐른 후, 육아 휴직과 일반 휴직을 연달아 4년 하게 되면서 꽤 오랜 시간 동안 아동 학대 분야와는 멀어지는 듯했다.

2019년이 되어 복직하면서 다시 아동 학대 분야에서 일을 하게 됐다. 그 이후 2025년이 된 지금까지 아동 학대 분야에서 일을 하고 있다. 입사 당시만 하더라도 아무런 관심이 없던 분야인데, 발령 났기 때문에 시작했던 업무였다. 이제는 나에겐 새로운 꿈이 되었다. 아동 학대 분야 상담 전문가로 성장하고픈 마음이 생긴 것이다.

한 영역의 전문가가 되려면 20년은 되어야 전문가라는 명함을 내밀 수 있지 않을까. 이제야 가까스로 조각난 경력을 모으고 모아 10년을 채웠다. 20년이 되려면 아직 한참 멀었다.

마음이 조급해진다. 최고가 되려면 수많은 경험과 경력이 쌓여야 한다고 생각한다. 이럴 때는 시간이 더디게 흘러간다. 해야 할 일도 많다. 업무에 집중을 좀 하고 싶어도 아이들 돌봐야 해서 서둘러 퇴근해야 한다. 전문지식을 쌓으려면 다양한 교육도 받아야 하지만 시간 내기가 마땅치 않다. 오은영 박사처럼 누군가의 상황을 보면 왜 그런 문제가 일어나는지 정확한 분석과 함께 해결책을 즉시 제시할 수 있는 경지에 오르면 좋겠지만 내 지식과 경험만으로는 턱없이 부족하다. 학대 피해 아동과 가족을 위한 상담 업무뿐 아니라 행정 및 기타 업무도 일이 많다.

우리 법인은 사원-대리-과장-차장 4단계로 승진 체계가 구성되어 있다. 단계마다 3년, 4년, 5년을 근속하면 시험 볼 수 있는 요건이 충족된다. 승진이 무엇이라고 그것을 앞둔 시기에는 긴장 상태가 된다. 과장이 된 이후, 보통 만 5년이 지나면 시험을 볼 수 있다. 나는 육아 휴직과 일반 휴직을 4년 했다 보니, 만 9년이 지나 시험을 볼 수 있게 되었다. 과장 직급에 10년 가까이 머물렀다. 그동안 나보다 먼저 시험 본 동기들의 다양한 모습을 볼 수 있었다. 여러 친구가 시험을 보고 승진이 되지 않아 좌절감을 겪기도 했다. 고민 끝에 직장을 떠나기도 했다. 열심히 최선을 다하고 충성을 다했는데 승진이 되지 않으면 적잖이 큰 충격을 받는다. 그동안의 충성은 물거품이 됐다고 느낀다.

반면에, 승진이 되지 못했을 때 잠시 좌절하기는 하지만, 그 여부와 상관없이 묵묵히 자기 일을 잘 감당하는 동기도 있었다. 바로 승진하는 것이 성공인 것처럼 보이지만, 멀리 내다보면 꼭 그렇지만도 않다는 걸 빨리 깨달았는지도 모른다.

오래전, 법인 내 기획실에서 근무할 때의 일이다. 그때 수많은 인사 발령 모습을 보았다. 순식간에 부서장에 오르는

　　　　　　　　　　　　나를 먼저 안아주기로 했어

사람도 있었다. 사람들로부터 '성공했다, 대단하다'라며 찬사
와 부러움을 받았지만 얼마 가지 않아 강등되어 다른 보직으
로 발령받기도 했다. 인정받는 것처럼 보이고 승승장구하는
것처럼 보이지만, 한순간에 끝나기도 했다. 그걸 지켜보면서
나 역시 허망함을 느꼈다.

대학 때, 존경하던 교수가 있었다. 기품 있고 우아한 모습
인 데다 따뜻한 눈빛이 좋았다. 어느 날 갑자기 정년 퇴임도
아닌 돌연 퇴직을 했다. 몇 년만 더 하면 정년 퇴임이었을 텐
데. 남들은 기를 쓰고 차지하려는 교수직을 내려놓는 게 이
해되지 않았다. 명예로운 자리, 높은 연봉, 다른 사람들이 탐
내는 자리를 내려놓다니. 누구보다 용기 있는 결단에 오히려
더 멋있어 보이기도 했다. 다른 사람들과는 차원이 다른 존
재라며 그 모습마저도 당당해 보였다. 교수는 퇴직 이후 신
문이나 뉴스조차 보지 않는다고 한다. 시골집에서 가족들과
손주들과 호호호 웃으며 여유롭게 삶을 누리며 산다는 이야
기를 바람결에 전해 들었다.

산 정상에 올라간다고 해 보자. 어떻게 정상에 오를지 머
리를 굴려본다. 기왕이면 빨리 올라가면 좋겠다는 마음에 최
단 코스를 찾아본다. 무슨 신발을 신어야 발이 아프지 않을

까. 머리로 아무리 산을 오른다고 생각해도 실제 산에 가지 않는다면 아무 소용 없다. 그리고 그 누구도 산 입구에 들어서자마자 10초 후에 정상에 도달할 수 없다. 아무리 빨리 정상에 오르고 싶다 하더라도 등산로를 따라 한 걸음씩 내디뎌야 한다. 숨이 턱턱 막히고 포기하고 싶지만 끝내 한발 한발 떼며 위로 올라간다.

산 정상에 올라 크게 숨을 고른다. 불어오는 바람에 땀을 식힌다. 산 아래를 내려다보니 아파트들도 성냥갑처럼 작기만 하다. 무엇을 그렇게 안달복달했을까. 세상이 작아 보이고 그동안 손에 꼭 쥐려고 했던 것들이 작아 보인다.

아무리 정상이 좋다고 하더라도 내려와야만 한다. 계속 정상에 머무를 수 없다. 결국, 언젠가는 내려와야 한다는 사실을 받아들이고 어떤 상황에서도 겸손해야 한다. 그리고 무엇보다 중요한 건 산 정상에 도달했는가가 아니다. 어떤 마음으로 산을 오르고 내려왔는지를 봐야 한다.

나에게 무엇이 중요한가 하고 스스로 질문을 던져야 한다. 다른 사람의 모습을 쫓아가며 사는 삶이 아니라, 나만의 속도와 나만의 방식으로 내 삶을 이루어 가야 한다. 충분히 실력 쌓는다 하더라도, 나보다 경력이 많고 탁월한 사람은 항상 존재하게 마련이다. 그러니, 먼 미래에 목표를 두며 스스로 괴롭히지 말아야 한다. 지금 행복해야 언젠가 최고의 경

   나를 먼저 안아주기로 했어

지에 이르러서도 행복할 수 있다.

예전에는 스피노자의 명언 '내일 지구의 종말이 온다 해도 오늘 나는 한 그루의 사과나무를 심겠다.'라는 말이 도통 이해되지 않았다. 이제는 어렴풋이 알겠다. 오늘 하는 일의 중요성을 말이다.

대기만성형 인간이 되기를 꿈꾼다. 대기만성형 인간은 늦게 이루어지는 게 아니라, 이루어짐이 없다는 의미다. 이루어짐이 없다는 뜻은 계속 더 나아지는 존재가 되기 위한 분투를 말한다. 계속 시도하고 새로운 것을 배우며 앞으로 나아가는 존재다. 오늘도 나는 그저 매일 조금씩 더 앞으로 나아갈 뿐이다.

(8)

좋은 사람 되려다 얻은 골병

좋은 사람이 되고 싶었다. '좋은'이라는 말만큼 모호하고 경계가 흐릿한 말이 있을까. A에게 좋은 사람이지만 B에게는 좋지 않은 사람일 수 있다. 수많은 수준과 스펙트럼 사이에서 '좋은'이라는 말만 고집하면 방황하기 십상이다. 좋은 사람이란 나에게 잘하면 좋은 사람, 나에게 잘못하면 좋지 않은 사람이다. 코에 걸면 코걸이, 귀에 걸면 귀걸이인 셈이다.

누구에게라도 좋은 사람이 되고 싶었던 욕심이 컸다. 그러니 이 사람, 저 사람의 요구에 YES라고 답했다. 이 사람 마음도 신경 쓰랴, 저 사람 마음도 신경 쓰랴, 안테나를 세우고 이쪽저쪽을 살폈다. 하지만 결국 양쪽 다 만족시킬 수 없다. 양쪽 모두의 불평과 원망을 듣게 되는 상황이 벌어지기도 한다. 좋은 사람이 되려다 골병들게 된다.

    나를 먼저 안아주기로 했어

법인 내에서 산하 아동보호 전문기관 업무를 지원하는 부서에서 일한 적이 있다. 그 당시 맡은 역할은 지역 사무실 직원들의 업무 현황을 파악하고 자료를 사전에 분석하는 일이었다. 분석 자료를 바탕으로 지역 사무실에 출장 나가 직원들에게 진단과 보완 사항을 전달하는 역할을 했다.

사람들을 만나면 '잘하고 있어요. 훌륭하게 잘하네요'라고 격려만 하고 싶었다. 하지만 실상은 업무 수행 지적과 개선 사항을 전해야 했다. 칭찬할 거리들을 중간마다 포함하기는 했지만 아주 미미했다. 직원들을 앞에 두고 그 기관의 업무 프로세스 분석과 보완점을 지적했다. 사업장 직원들을 앞에 두고 지적, 개선 사항을 전할 때면 직원들 일그러지는 얼굴들이 자꾸 눈에 들어왔다.

서울, 경기뿐 아니라, 동해, 천안, 전주, 남원, 목포, 부산까지 전국 방방곡곡을 돌아다녔다. 그중 서울에 있는 한 기관에 방문했을 때 일이다. 여느 때와 마찬가지로 자료를 바탕으로 브리핑하려고 입을 떼려는데, 갑자기 숨이 안 쉬어지고 죽을 것 같은 공포감이 밀려왔다. 그 순간, 옆에 있던 부서장에게 '저 못 할 것 같아요'라고 말해야 하는데 그 말조차 입에서 나오지 않았다. 이미 브리핑을 시작하겠다고 나를 소개한 터라 발표를 안 할 수도 없었다. 숨을 크게 한 번 내쉬고, 식은땀을 흘리면서 브리핑을 마쳤다. 무슨 정신으로 발표를 끝까지 했을까. 준비되어 있던 자료를 그냥 읽어 내려가며 간신히 그 시간을 끝마쳤다.

사실, 이 기관은 몇 해 전 내가 근무했던 곳이었다. 나와 같이 근무했던 직원도 있었고 그 동안 새로 들어온 직원들도 있었다. 근무했던 사업장에 가서 지적과 개선 사항을 이야기한다는 것이 부담되었나 보다. 사업장에서 근무할 때, 업무를 하면서 지침대로 일하는 게 현실과 괴리가 얼마나 큰지 체감했었다. 하지만 이 회의는 업무가 제대로 진행되지 않는 부분을 지적할 수밖에 없으니, 나의 이야기가 얼마나 아니꼽고 의미 없게 느껴질까, 하는 걱정이 앞섰다. '너라면 그렇게 일할 수 있니?' 현실을 알고 하는 이야기니?'라고 되물을 것 같은 걱정과 두려움이었다.

다른 지역 사무실에 출장을 갔을 때도 마찬가지다. 정확하게 제대로 알려줘야 하는데, 뭉뚱그려서 에둘러 설명하며 넘어가기도 했다. 칭찬하듯 설명하기도 했다. 그럴 때면 출장을 마치고 돌아오는 길, 부서장은 그 부분을 콕 집어냈다. 어물쩍 넘어간 발표에 대해 피드백을 받았다. 확실하게 알려주고 단호하게 설명해야지, 모호하게 넘어가 버리면 어떻게 하냐는 꾸중이었다. 뜨끔했다. 누군가에게 쓴소리하는 게 불편

　　　　　　　　　　　나를 먼저 안아주기로 했어

하니 피하고 싶었다.

한 지인과 이야기를 나누다가 들은 말이다. 지인의 직장에서의 일이다. 팀장은 지인에게 새로운 업무를 시켰다고 했다. 기존 업무 분담과 상관없는 일들을 팀장이 갑작스럽게 배정하는 상황이었다. 팀장의 업무 지시가 도무지 이해되지 않았다고 했다. 참다못해 지인은 팀장에게 말했다.

"제가 시키면 무조건 해야 하는 사람인가요?"

지인의 이야기를 전해 들으면서도 심장이 떨렸다. 어떻게 그런 말을 내뱉는 용기가 있는 걸까. 나라면 그런 말을 과연 입 밖에 낼 수 있을까.

지금까지 상사가 시키면 다 해야만 한다고 생각했다. 어느새 순응하는 태도가 몸에 배었다. 이런 말을 내 입에 올릴 수 있을까. 생각조차 하지 못했다. 지인은 그 일로 인해 사무실에서 '싹수가 없다'라는 소리를 듣게 되었다고 한다. 이 평판을 얻게 되었지만, 그 덕분에 지인은 네 가지를 얻지 않았을까? 첫째, 해야 할 업무 이상의 과도한 업무를 배정받지 않게 된다. 둘째, 쉬운 사람이 아니라는 인식이 생긴다. 셋째, 상대방이 조심스럽게 대하게 된다. 넷째, 상대방과 적절한 거리를 가지게 된다.

적절한 거리는 사람과 사람 사이에 필요한 경계를 세우는 과정이다. 사람과 사람 사이 경계가 필요한데 우리는 그 경계를 불쑥불쑥 침범할 때가 많다. 그동안 얼마나 쉬운 사람이었나. 무슨 일이 생기면 '조보라에게 맡겨. 해낼 거야'라며 일을 떠맡을 때가 많았다. 내 능력 이상의 업무를 맡게 되어 긴장하고 불안할 때도 있었다. 좋은 사람이 되고 싶은 마음에 내가 할 수 있는 이상으로 힘을 쏟았다. 일이 늘어나면 늘어났지. 줄어들지 않았다. 모든 일에 힘을 쏟는 것이 어떻게 가능한가? 결국, 어느 한쪽이 무너지기 마련이다.

다른 사람들의 요청을 거절하지 못하고 그 요청을 들어주는 일에 우선순위에 두었다. 희생하는 게 마땅하다고 생각했다. 이렇게 지내다 보니 인정도, 칭찬도 따르기도 했다. 그런 인정과 칭찬이 나를 더 좋은 사람이 되는 길로 내몰았는지도 모르겠다.

꽤 괜찮게, 잘 살아온 줄 알았다. 하지만 무거운 벽돌이 서너 장 가슴 위에 얹혀있었다. 심장이 답답하고 조여왔다. 겉모습만 괜찮을 뿐, 속은 아프다고 신호를 보냈다. 좀 더 좋은 사람이 되려다 나 스스로에게는 안 좋은 사람이 되어 버린 슬픈 현실이었다.

다른 사람들을 챙기고 돌보느라 나를 돌보지 못했다. 누군

   나를 먼저 안아주기로 했어

가가 나에게 요청할 때면 이전에는 바로 '네, 알겠어요'라고 즉각 대답했다. 이제는 먼저 나에게 묻는다. 진짜 괜찮은지, 꼭 그 일을 내가 해야 하는지 나 자신에게 묻는다. 이전에는 거절하지 못하고 100% 다 받아들였다면 이제는 '좀 생각해 보고 말씀드릴게요'라고 말하기 시작했다. 스스로 생각해도 놀라운 변화다. 다른 사람에게 좋은 사람이 되기 이전에, 나 자신에게 좋은 사람이 되려 한다. 꼭 필요한 질문이 하나 있다.

"보라야, 네 마음은 어때?"

제2장

일 중독에
빠지다

（1）

일이 인생의 전부인 시절

4년간의 육아 휴직을 마쳤다. 두 아이가 안정적으로 돌봄이 이루어질 때 직장으로 복귀하고 싶었다. 마침내 두 아이 모두 어린이집을 등록하고 적응까지 마쳤다. 그제야 직장으로 복귀할 수 있었다.

복직 후 사무실 출근 첫날, 두근두근 심장이 떨렸다. 이제 막 세상에 태어난 신생아처럼 모든 게 낯설었다. 조직 분위기도, 시스템도 많이 달라졌다. 주 40시간의 근무제가 도입되면서 초과근무 수당과 보상 휴가가 막 도입된 상태였다. 내가 보기에는 예전과는 차원이 다른 수준으로 근무 환경이 좋아졌다. 그럼에도 여전히 직원들이 모이면, 일이 많다는 호소가 계속됐다. '워라밸이 중요하잖아요. 우리 회사도 워라밸이 지켜지면 좋겠어요'라는 말을 계속 듣곤 했다.

어느 직원에게 물었다. "워라밸이 뭔가요?"

직원은 나를 어느 시대에서 온 사람인가 하는 어리둥절한 표정을 지으며 봤다. '워크 라이프 밸런스(work-life balance)'를 줄여 이르는 말이었다. 일과 삶을 균형 있게 추구한다는 의미다. 2008년, 입사할 당시만 해도 이런 말이 없었다. 나에겐 생소한 단어였다.

이제는 많은 사람이 중요하게 여기는 가치로 자리 잡았다. 취업할 때도 기업의 일과 삶의 균형이 어느 정도인지 알아보고 지원하는 분위기다. 이제 사람들은 퇴근 이후의 자유와 여가를 중요하게 여긴다.

하는 일과 추구하는 가치가 일치하면 좋겠다고 생각했다. 학교 졸업 이후, 취업을 준비하면서 어디에서 일하면 좋을까 찾아보기 시작했다. 굶주림 없는 세상, 더불어 사는 세상을 만드는 일을 하기 원했는데, 그런 기관을 발견하게 되었다. 소외되고 어려운 이웃을 돕는 삶! 내가 원하는 삶의 모습이었다. 게다가 다른 사람을 도우면서 돈도 벌다니! 일거양득이라는 생각이 들었다.

그 기관에 입사 지원을 하고, 시험과 면접 등의 과정을 거치고 최종 입사 발표가 나는 날이었다. 떨리는 마음에 메일 열어보기 겁났다. 메일을 열면서 눈을 질끈 감았다. 조심스럽게 실눈을 뜨며 메일을 봤다. 메일 본문에 이렇게 적혀 있었다.

"귀하는 본 기관에 합격하였습니다."

우와! 합격이라니. 인턴 프로그램에 참여하던 중이었는데, 모두 외근 나가고 아무도 없이 때마침 혼자 사무실에 있을 때였다.

"합격시켜 주셔서 감사합니다. 감사합니다. 감사합니다."

큰 목소리로 감사 기도를 올렸다. 나의 가치와 사명과 일치하는 곳에서 일할 수 있게 되어 감사했다. 일을 시작하고 좋은 일을 할 수 있다는 생각만으로도 기뻐서 둥둥 떠다녔다. 충성스럽게 일하는 게 도리라고 생각했다.

그 당시 나의 뇌 속을 열어봤다면 '일'이 90% 이상을 차지하고 있었을 테다. 하루 일과 대부분을 사무실에서 보내고 있기에, 그동안만큼은 힘껏 에너지를 쏟아 일을 했다. 아침 아홉 시 업무가 시작되면 밤 열 시, 열한 시가 되어 퇴근했다. 자정이 넘어 퇴근하고 새벽에, 집에 오는 일도 잦았다. 잠깐 눈을 붙이고 아침에 다시 눈을 떠 출근했다. 잠만 자는 하숙생 같은 생활의 반복이었다. 어떻게 하면 일을 잘할 수 있을까로 온 생각이 가득 차 있었다. 맡은 업무를 책임감 있게 완성하며 업무를 하나씩 해낼수록 성취감은 쌓여갔다.

결혼식 전날도 일을 했다. 쌓인 피로 때문인지 신혼여행 가서 잠을 많이 잤다. 게다가 신혼여행 때 해산물을 잘못 먹은 탓에 구토와 설사, 복통이 심하게 일어나서 응급실에 갔다. 그리고 나서는 더욱 잠을 많이 잤다. 남편은 15년이 지났지만, 요새도 신혼여행 때 잠만 많이 잤다며 여전히 놀리며 말한다.

결혼 후에도 야근하는 패턴은 크게 달라지지 않았다. 자정이 넘어 퇴근하고 집에 와서 파김치가 되어 잠만 자는 아내를 남편은 이해하지 못했다. 나에게 퇴사하라고 권유하곤 했다.

결혼하고 4년이 다 되어서야 아기가 생겼다. 아이를 바로 갖고 싶었지만, 아기는 쉽사리 찾아오지 않았다. 반복되는 야근으로 몸이 힘든 상태이니 아기가 찾아올 리 만무했다. 발령이 나서 새로운 부서를 옮긴 지 두 달 만에 아기가 찾아왔다. 그때는 요즘처럼 임신으로 인한 단축 근무제를 쓰는 분위기도 아니었다. 임신했다고 초과 근무를 안 할 수도 없었다. 그나마 동료들이 배에 손을 얹고 쑥쑥 커나가는 아기를 많이 예뻐해 준 덕분에 버틸 수 있었다. 동료들의 관심으로 태교를 대신했다. 나 역시 뱃속 아기에게 말하곤 했다. 너는 벌써 사회생활을 진하게 경험하고 있으니 사회생활 잘하는 똑똑한 아기가 될 거야.

왜 그렇게 열심히 일했을까? 일이 내 인생의 전부였다. 나를 채용해 주어 고마웠다. 내 사명과 일치해서, 일이 재밌어서, 일이 보람 있어서, 함께 일하는 동료들이 좋아서, 좋아하는 일을 하는데 돈도 주다니 등을 꼽으며 열심히 일하기 충분한 이유를 말할 수 있었다. 재미있게 일할 수 있는 업무와 보람 있는 일들을 할 수 있으니 고맙다. 마음 좋고 진실한 동료들이 옆에 있으니 고맙다.

하지만 이제는 달라지고 싶다. 일이 인생에 전부인 것처럼 살고 싶지 않다. 아이를 낳기 전에는 일 자체를 나로 여겼다. 이제야 보인다. 일은 내가 하는 일의 일부이지, 내 정체성의 전부가 아니다.

내 삶의 소중함이 더 크게 다가온다. 이제야 비로소 일이 아닌 내 삶을 온전히 돌보겠다는 마음을 먹는다. 18년 동안 배어 있는 업무 습관들이 아직도 관성처럼 남아있어 갈 길이 멀다, 하나씩 연습해 보려 한다. 가장 먼저는 퇴근 시간 지키기. 나를 돌보는 삶을 위해 이것부터 시작해 본다.

(2)

상사의 말 한마디에

신입으로서의 업무 중 하나는 기관에 걸려 오는 전화를 받는 일이었다. 전화벨 세 번 울리기 전에 받아야 했다. 전화를 받으면 전화를 건 사람의 이름, 소속, 용건, 찾는 사람 등을 정확히 파악해서 필요한 사람에게 연결해야 했다. 전환 버튼을 눌러 다른 사람에게 전화를 연결할 때까지 긴장 상태였다.

어느 날 상사는 지나가면서 나에게 전화 잘 받으라고 이야기했다. '나 전화 열심히 받고 있는데, 왜 뭐라고 하는 거지'라며 목구멍까지 말이 올라온다. 상사는 돌아와서 한 마디 더 보탠다.

"네가 과장이야? 전화를 왜 이렇게 낮은 목소리로 받아?"

상사는 중저음인 내 목소리가 신입다운 목소리가 아니라고 했다. 도레미파솔라의 '라' 음정으로 전화를 받으라고 했다. 이럴 수가! 나는 도레미파에서 파까지밖에 안 올라가는 심각

　　　　　　　나를 먼저 안아주기로 했어

한 음치인데. 낼 수 없는 음정으로 전화를 받으라고 하니 어쩌면 좋단 말인가. 그래도 신입이 무슨 할 말이 있겠는가.

"네! 앞으로 노력해 보겠습니다."

큰 목소리로 답할 뿐이었다. 이후, 올라가지도 않는 음을 내기 위해 힘껏 목소리를 올려 전화를 받았다.

보고서를 작성해서 결재를 올렸다. 팀장이 검토 의견을 달아준 부분을 수정했다. 가장 긴장되는 순간은 기관장이 직접 호출할 때다. 기관장실에 들어가니, 올린 보고서에 붉은 표시가 잔뜩 되어 있다. 이 글의 목적, 취지, 내용 구성, 문법 오류를 샅샅이 검토받는다. 피드백 받은 대로 수정한 다음, 다시 들어간다. 희한하게도 또 다른 곳에 붉은색 표시가 되어 있다. 이렇게 반복하기를 몇 차례. 진이 다 빠진다. 공문 하나를 외부에 보내려고 해도 여러 차례 수정을 반복했다.

학창 시절 읽었던 '방망이 깎던 노인' 소설 기억하는가? 손님은 방망이 하나를 사려다가 차 시간이 다 되어, 그냥 달라고 하는데도 그 방망이 할아버지는 방망이 다듬기를 멈추지 않는다. 나도 '제발! 이제 다 되었어요'라고, 속으로 외쳐본다. 하지만 기관장은 보고서 다듬기를 멈추지 않는다. 아주 영롱한 보석 세공을 하듯 하나하나 혼을 다해 문장을 수정한다.

어느 날이다. 기관장은 내 보고서를 유심히 보더니 말한다. "어이구! 이 오랑우탄아. 대학원 나온 놈 맞냐, 논문은 어떻게 쓴 거야?"

내 가슴을 큰 갈퀴로 휘갈기는 말이었다. 대학원 시절, 까다롭기로 소문난 지도 교수에게도 잘 맞추며 일을 했었는데, 꾸깃꾸깃 구겨진 종이가 되는 느낌이었다. 일반대학원 석사 과정 마치느라 수고한 노력도 물거품처럼 느껴졌다.

직장에서 만난 기관장은 도무지 따라갈 수 없는 수준의 경지로 보였다. 신입 직원의 보고서가 얼마나 형편없었을지 불 보듯 뻔하다. 열정은 가득했으나, 현장에 대한 충분한 이해 없이 종이 위에 나열된 글자에 불과했으리라. 아직 영글지 않은 거칠고 두서없는 상태였겠지. 자존심도 상하면서, 도대체 뭘 어떻게 해야 할지도 몰랐다. 보고서를 쓰려고 하면 자꾸 '이 오랑우탄아!'라는 말이 귓가에 들렸다. '아, 또 혼나면 어쩌지.' 점점 자신이 없어졌다. 과연 할 수 있을까? 못한다고 자꾸 혼내기만 하니 더 위축됐다.

업무 피드백을 받을 때면 '열심히 하겠습니다'라고 말하고 방을 나왔다. 나오려는 나를 다시 불러 세웠다. '열심히 말고, 잘하는 게 중요해요'라고 한 번 더 짚는다. 열심히만 해서는 안 되는구나. 어떻게 해야 잘할 수 있을까. 정말 잘 하고 싶었

 나를 먼저 안아주기로 했어

다. 하지만 업무를 척척, 멋지게 잘 해내고 싶은 마음과는 달리 어리바리할 때가 많았다. 업무 흐름과 해야 할 일을 꿰뚫어 보는 투시력을 가지고 싶었다. 나는 무엇을, 어떻게 해야 하는지 몰랐다. 해당 분야의 지식도 부족하고, 경험도 없다 보니 안개를 헤매는 기분이었다. 이를 악물었다. 반드시 인정받고 말리라. 분야와 관련한 법령, 정책, 자료, 기사 등을 찾아보며 아침마다 스크랩하고 동향을 파악했다. 업무에 시간을 더 쏟았다. 그러다 보니 점점 야근하는 일이 많아졌다.

상사에게 부정적인 피드백만 받지는 않았을 거다. 분명히 칭찬도 받고 격려도 받았을 거다. 그 덕분에 퇴사하지 않고 지금까지 살아남은 걸 테니까. 그런데 희한하게도 칭찬과 격려받은 말은 잘 떠오르지 않는다. 부정적이고 무서웠던 이야기만 내 마음에 남아있다. 그 당시에는 그런 말들이 상처가 되어 나를 짓눌렀다.

무섭고 엄격한 상사라고만 생각했다. 그 당시는 보고서로 나를 왜 이렇게 힘들게 할까, 생각하며 원망했었다. 지나고 보니 그 또한 사랑과 애정의 다른 표현이었다. 업무를 제대로 알려주고 싶은 마음에서 비롯된 것이었을 테다.

팀장이 되어 보니, 업무를 상세하게 알려주고 지도해 주는 일이 얼마나 어려운 일인지 깨닫는다. 한 명의 신입을 붙잡고 상세하게 업무를 지도할 시간과 능력이 없다. 열정과 사랑이 없이는 시간을 들이고 정성을 들여 업무를 지도할 수 없는 일이었다. 물론, 오랑우탄이라는 말은 다소 과격한 언어였지만 그 또한 '아이고, 이 똥강아지야'라고 말하는 어르신의 표현과 같은 것이었다.

말 한마디의 힘은 강력하다. 수많은 말을 듣지만, 그 말 중에 특히 나의 마음에 턱 하니 자리 잡는 말이 있다. 잊은 줄 알았는데, 비슷한 상황이 되면 그 갈고리에 걸려 있던 그 말이 닻을 세운다. 그리고 나를 흔든다. 바람이 거세게 불수록 풍랑 속에서 표류할지 모른다는 두려움에 사로잡히기도 할 테다.

나를 불편하게 만드는 말, 상처 주는 말. 이런 말이 나를 주저앉게 만드는 갈고리가 되게 할까? 아니면 나를 성장하게 만드는 돛으로 삼을까. 이미 누군가 뱉은 그 말은 주워 담을 수도, 돌이킬 수도 없다. 내가 할 수 있는 선택은 내 마음가짐뿐이다.

어떻게 해야 할지 몰라 한참 헤맸다. 지금은 나를 아프게 하는 말은 배움의 기회로 여긴다. 나를 좀 더 나은 사람으로 만드는 힘으로 바꾼다. 그 덕분에, 안주하지 않으려는 마음, 만회하려는 마음을 갖게 되었다. 한없이 부족하던 사람이 이제는 제법 사람 구실 하며 살고 있다. 이만하면 기특하게 잘 성장한 거 아닐까.

③

결국 나 자신만 남는다

'왜 살아야 하는 걸까요? 사는 게 의미가 없어요'라고 말하는 사람들을 종종 만난다.

살아갈수록 인생에서 겪는 고통의 수도 많아진다. 질병, 실직, 인간관계 갈등, 사랑하는 가족의 죽음 등 감당해야 할 인생의 무게가 점점 커진다. 마음대로 되지도 않고, 계획대로 되지도 않는다. 그럼에도 인생을 왜 살아야 할까? 묻는 사람들 앞에 도무지 쉽게 대답을 꺼내 놓을 수 없다.

살아야 할 이유를 어디에서 찾을 수 있는 걸까. 그동안 내가 살아온 날들은 존재 이유를 증명해 보이려 치열하게 몸부림친 과정이었다. 대학을 졸업하고 직장에 입사했다. 일을 통해 내 존재 이유를 증명해 보이려 했고, 직장 안에서 유능함을 인정받아 쓸모 있는 사람이 되고 싶었다.

  나를 먼저 안아주기로 했어

어느 교장 선생님의 이야기다. 교장으로 정년 퇴임을 한 이후, 갑자기 우울증이 찾아왔다고 한다. 더 이상 출근할 학교가 없고, 할 일이 없어지자, 자신의 존재가치를 상실한 느낌이 들었다. 더 이상 아무도 자기를 찾지 않고, 자신이 할 일이 없어지자 우울해졌다. 삶의 전부였던 그 역할이 사라질 때 빈껍데기처럼 느껴지게 된다.

직장에서, 사회에서 꼭 필요한 사람이라는 인정을 받고 싶었다. 그래서 안간힘을 다해 열심히 일했다. 남산만 해진 배를 부여잡고도 야근을 마다하지 않고 일했다. 첫째 출산을 5일 남기고 출산 휴가에 들어갔다.

아이가 태어나자, 내 삶은 완전히 달라졌다. 5일 만에 전혀 다른 행성에 떨어진 것처럼 나의 역할은 완전히 달라져 있었다. 불과 며칠 전까지만 해도 복닥복닥 정신없는 환경이었다. 사람들과 쉴 새 없이 모여 논의하고 회의했다. 사업 기획 및 추진, 보고서 작성 능력이 중요했다.

아이가 태어나자 완전히 다른 환경에 놓였다. 이제는 기획안을 얼마나 잘 쓰느냐, 프레젠테이션 자료를 얼마나 잘 만드느냐는 중요하지 않았다. 회의 시, 의견을 잘 표현하고 합의점을 찾아내는 능력이 더 이상 필요하지 않았다. 출산 후 내 도움이 필요한 아이와 나만 세상에 홀로 남은 느낌이 들

었다. 아이를 먹이고, 재우고, 기저귀를 갈고, 목욕시키는 새
로운 기술이 필요한 상황이었다.

아기가 태어나기 전에는 3개월 출산 휴가를 마치면 복귀할
수 있을 줄 알았다. 친정 부모님과 시부모님 도움을 받고, 어
린이집에 일찍 보내면 가능하다고 생각했다. 휴직에 들어가
면 일을 하지 못하게 되는 것도 싫었다. 승진이 늦어지는 것
도 싫었다. 하지만 어디 계획한 대로 되는가.

막상 첫째를 출산하고 보니 내 눈앞에 있는 아이는 예상했
던 것보다 더 조그만 존재였다. 게다가 나의 출산과 맞물려
남편이 직장을 옮겨서 파주로 이사를 해야 했다. 남편은 새
로운 일터에 적응하느라 바빴다. 멀리 이사 간 터라 양가 부
모님에게 도움을 받을 수 없는 상황이었다. 출산 휴가 3개월
을 마치고 나니 결국 육아 휴직을 할 수밖에 없는 상황이었
다. 아무것도 할 줄 모르는 신생아, 그리고 직장 일을 빼고
나니 아무것도 남지 않은 빈 껍데기 같은 초보 엄마, 이 두
연약한 존재가 만난 상황이었다.

휴직하고 나자, 마음에 휑한 바람이 불었다. 일이 전부라
여기며 지냈는데 일을 다 빼고 나니 허전했다. 매일 아침 화
장을 하고 옷을 차려입고 출근할 필요도 없었다. 무릎 튀어
나온 바지, 모유 수유하기 편한 티셔츠를 입었다. 해야 할 업

                                                    나를 먼저 안아주기로 했어

무도, 함께 의논하며 회의해야 할 동료들도 순식간에 사라졌다. 내 안에 있던 알맹이들이 어디론가 사라지고 거죽만 남은 느낌이었다. 사람들이 퇴직 이후 느끼는 불안감이 이런 걸까 싶었다.

그동안 근무 연수를 세어보니, 만 7년밖에 되지 않았다. 잘못 센 건가 싶어 몇 번을 다시 세어 봤다. 고작 10년도 되지 않은 시간이었다. 그런데 나는 십수 년을 일했다고 생각했다. 아마도 온 힘을 기울여 근무한 탓에 수십 년을 일한 것처럼 길게 느꼈다. 10년도 되지 않은 상황에서 일에서 벗어날 때 이런 불안감이 들 줄은 몰랐다. 하물며 30년씩 근무하고 퇴직하는 사람들은 어떤 마음을 갖게 될까. 일을 전부라 여기던 사람은 퇴직 후 불안감에 시달리게 될 수밖에 없다는 건 자명한 일이었다.

육아 휴직을 하면서 나의 쓸모는 '엄마'라는 역할로 옮겨갔다. 아이에게 꼭 필요한 존재, 아이를 잘 키워내는 좋은 엄마로서의 정체성을 강화했다. 직장에서 가정으로 장소만 바뀌었을 뿐, 몹쓸 고질병처럼 쓸모를 인정받고자 하는 욕구에서 헤어 나오지 못하고 있었다.

왜 그렇게 쓸모를 인정받고 싶어 했을까. 누가 필요로 하는 사람이 아니라면 그 존재감은 사라지는 것일까? 그 정도밖에 안 되는 유약한 존재인 걸까. 쓸모를 인정받기 위해 살아가는 단조로운 인생으로 내 삶을 끝내고 싶지 않았다.

육아 휴직 기간은 직장 없이 살아가는 예행연습을 해 보는 시간이었다. 1년으로 끝날 것 같았던 휴직은 4년이 넘도록 이어졌다. 그 시간을 통해 나는 일이라는 쓸모를 제외했을 때, 나에게 남는 게 무엇인지 농밀하게 생각해 보는 시간을 가졌다. 일 외에도 나에게 중요한 것들은 무엇인지, 어떤 것들로 나를 채우고 싶은지 생각해 보게 되었다. 남은 거죽 안에 다시 생명을 채워 넣는다. 빈속을 무엇으로 채울 수 있을까.

직업은 나의 일부분이지 내 전부는 아니다. 일이라는 나의 직업 자아가 나의 진짜 자아를 의미하지 않는다. 그런데 일을 하다 보면 조직의 비전, 가치가 내가 추구하는 가치와 의미가 합쳐져서 내 삶에 커다란 신념이 되곤 한다. 그렇게 조직에서 요구하는 가치에 발맞추어 살게 된다. 내가 어떤 존재인지 깊이 사고하지 않은 채 그게 바로 나라고 인식하며 살아간다. 그러다 보면 결국 자기를 잃어버리게 되는 슬픈 상태가 될 수 있다.

휴직하고 나서야 '쓸모 있는 인간'이 아닌 '무용한 나'로서

　　　　　　　　　　　　　　　나를 먼저 안아주기로 했어

가지는 존재 가치에 대해 처음으로 생각하게 됐다. 아이라는 존재는 쓸모 있어서 사랑받는 게 아니었다. 아무 일을 하지 않아도, 아무 노력을 하지 않아도 아이는 그 자체로 소중한 존재였다.

　아이들이 성인이 되면, 부모로서 가지는 나의 쓸모는 사라지고 말 것이다. 퇴사하고 나면 지금 하는 일이라는 쓸모도 사라질 테다. 이런 쓸모들을 하나씩 제하고 나면 과연 어떤 존재로 남을까. 공허한 순간이 찾아오지 않으려면 지금부터 고민해야 한다. 역할뿐 아니라 진짜 나다운 게 무엇일까. 그게 아직 무엇이라고 속 시원하게 대답하지는 못하겠다. 다만 확실한 건 하나 있다. 시간이 지나면 모든 역할은 사라진다는 것이다. 결국 '나 자신'만 남는다.

④

미련함으로부터
퇴근하겠습니다

"퇴근하겠습니다."

남겨진 일을 내일로 남겨두고 나오는 나의 발걸음은 무겁다. 하지만 계속 앉아 있는다고 어차피 업무가 다 끝나지도 않을 걸 알기에 오늘도 매듭짓는 연습을 하는 중이다.

신입 시절로 거슬러 가보니 그때부터 야근이 시작되었다. 입사한 지 3개월 차, 상사가 새로 부임해서 왔다. 상사는 부임 첫날부터 야근하더니 매일 같이 늦게 퇴근했다. 며칠 후 상사는 외부 회의에 참석하러 갔다. 직원들은 오늘만큼은 일찍 퇴근할 수 있겠다 싶어 쾌재를 불렀다.

퇴근 시간이 다 되어 가는 6시 무렵, 사무실에 전화벨이 울린다. 전화를 받았다.

"나 지금 회의 끝났어요, 지금 들어가요."

상사였다. '지금, 저녁 6시인데 사무실에 들어온다고요? 제발 그냥 집에 가시면 안 될까요?'라는 말이 목구멍까지 올라왔지만, 꿀꺽 삼켰다.

"네, 조심히 들어오세요."

공손하게 답하고 전화를 내려놓았다.

18년 전, 우리 사무실 분위기는 상사가 퇴근할 때까지 다 같이 야근하는 분위기였다. 야근하면 직장 내에서 헌신하며 일하는 사람으로 여겨지던 시기였다. '퇴근하겠습니다'라는 일곱 글자가 입 밖으로 잘 나오지 않았다. 서로 그 인사를 누가 할 건지 눈치 싸움을 했다.

연차가 쌓일수록 담당하게 되는 업무도 많아졌다. 점점 많아지는 과업들로 인해 야근 인생이 더욱 가속화되기 시작했다. 아무리 일을 열심히 해도 업무는 끝나지 않았다. 희한한 일이다. 오병이어의 기적이 일에도 적용되는지 일은 일을 계속 물고 오며 불어났다. 항상 열두 광주리만큼의 일이 남아 있었다.

야근 생활도 관성이 붙었다. 연차가 높아질수록 퇴근 시간도 점점 늦어졌다. 사원 때는 9시 정도에 퇴근했지만 대리가 되고 나자 11시가 다 되도록 일했다. 과장이 되고 나니 자정을 넘어 새벽 1~2시까지 야근하기도 했다. 새벽에 퇴근해도

9시까지 출근해야 하니 몇 시간 잠을 못 자고 바로 출근하는 생활이 반복되었다.

자정이 넘어 새벽 2시 무렵 퇴근하던 어느 날이 떠오른다. 집으로 가는 택시를 잡아탔다. 택시에 앉자마자, 갑자기 눈물이 왈칵 쏟아졌다.

"어어 엉엉…. 무슨 부귀영화를 보자고 이렇게 새벽까지 일하는 거야. 더는 못 하겠어."

복받치는 감정에 큰 소리를 내어 아이처럼 울었다. 지칠 대로 지쳐버린 마음을 어디에도 털어놓지 못하고 어두운 택시 안에서 쏟아냈다. 난데없이 우는 탑승객으로 인해 택시 기사는 무척 당황했을 거다. 실연이라도 당했나 보다 생각했을 테지. 집에 돌아가는 길, 한참 울었다.

출산 휴가 및 육아 휴직 동안 아이들을 키우는 데 집중했다. 휴직 4년을 마치고, 복직했다. 그 사이 시간이 많이 흘렀다. 다시 일하기 시작하면 과연 퇴근 시간을 훌쩍 넘기고 밤 11시, 12시까지 일할 수 있을까. 덜컥 겁이 났다. 동료들은 예전과는 완전히 달라진 분위기라며 걱정하지 말고 복직하라고 했다. 복직해 보니 그 말은 사실이었다. 주 40시간 근무, 초과 근무 시스템, 유연근무제도 생겼다. 옆에 동료들도 달

   나를 먼저 안아주기로 했어

라졌다.

 몇 년 만에 이렇게 분위기가 달라질 수 있는 건지 신기하기도 했다. 이제는 야근하면 능력이 없는 사람, 제시간에 업무를 제대로 마치지 못하는 사람이라는 평가를 받는다고 했다. 상사가 사무실에 있느냐, 없느냐 상관없다.

 저녁 6시 정각, 직원은 '안녕히 계세요.'라고 인사를 하며 바람과 같이 사라진다. 이렇게 딱 맞춰 퇴근한다고? 그동안 나는 6시 25분쯤 되면 '퇴근해야 하는데'라고 생각하면서 컴퓨터 파일을 하나씩 저장했다. 그러면서 아직 마무리 못 한 업무를 조금 더 하다 보면 어느새 7시를 맞이하곤 하는 게 내 모습이었다.

 직원들은 퇴근 시간이 되면 쏜살같이 사라진다. 저녁 6시가 되어도 퇴근 못 하는 내가 미련하다는 걸 알게 됐다. 정시 퇴근하고 말리라 결심했다. 그런데도 여전히 옛 습관이 몸에 배어 있어 퇴근 시간을 넘기곤 한다. 그래도 달라진 점이 있다. 예전에는 퇴근 시간을 생각하지 않고 일을 했다면 이제는 퇴근 시간이 지나면 '가야 하는데, 가야 하는데'라며 의자에서 엉거주춤 엉덩이를 떼고 일어서서 일을 한다. 그나마 발전한 모습이다. 마무리하지 못한 일이 자꾸 나를 붙잡는다. 하지만 결국, 수북이 쌓인 업무를 한편에 남겨둔 채 집으로 돌아갈 수밖에 없다.

퇴근하고도 자유롭지는 못하다. 퇴근길 이동하면서도 업무 메신저와 결재 문서 등을 열어 미처 마치지 못한 업무들을 처리하곤 한다. 집에 가서도 컴퓨터를 켜고 업무를 검토하고 보고서를 썼다. 수시로 업무 메신저와 그룹웨어를 확인했다.

글 쓰기 시작하며 저녁 풍경이 달라지고 있다. 퇴근 후, 수요일 밤에는 글쓰기 수업을 듣는다. 강사는 한 수강생에게 오늘 어땠냐고 물었다. 그 수강생은 일이 많아서 계속 야근하느라 힘들어 죽겠다고 했다. 바로 내 모습이었다. 강사는 직장 생활의 좋은 점이 무엇이냐 물었다. 수강생은 질문에 마지못해 '매월 월급이 나와요'라고 답했다. '또 좋은 점이 무엇이 있나요?'라고 강사는 또 물었다. 수강생은 쉽사리 답하지 못했다. '음…. 음…'만 반복하고 있었다. 다른 수강생들이 채팅창에 의견을 올린다. '정해진 근무 시간이 있어요. 출퇴근길, 대중교통을 타면 걸으면서 생활 운동을 할 수 있어요, 점심시간 맛있는 것을 먹을 수 있어요, 사람들을 만날 수 있어요, 사회에서 인정받을 수 있어요, 일하면서 성취감을 느낄 수 있어요, 나를 꾸미고 발전시킬 수 있어요.' 등 의견이 올라왔다.

직장 생활하면 좋은 점이 이렇게 많았구나! 어느새 타성에

　　　　　　　　　　　　나를 먼저 안아주기로 했어

젖어 직장 생활의 소중함과 감사를 잊었다.

강사는 다시 한번 소리를 높였다.

"직장인으로서 하루 8시간 정해진 시간에만 딱 일하면 되니 얼마나 좋아요! 사업가는 24시간 일 생각을 하고 주말에도 일을 해야 해요. 당신이 사업가인가요? 왜 24시간 직장 업무 생각을 하나요? 그러면 사업을 해야죠!"

망치로 한 대 맞은 느낌이었다. 근무 시간 외에도 일을 하는 게 당연하다고 생각했다. 퇴근 후에도 업무를 하고 일 생각을 놓지 못했다. 그동안 퇴근 못 하는 이유는 상사 때문이라 생각했다. 일이 많아서라 생각했다. 직장에서 나에게 과도한 일을 시켜서라고 생각했다. 직장 분위기가 퇴근 못 하는 분위기라고 탓했다. 이유를 외부에서 이유를 찾았다. 원망하니, 억울한 마음이 쌓인다.

이제야 안다. 나를 퇴근 못 하게 붙잡았던 것은 상사도, 일도 아니었다. 바로 나였다. 나 스스로 옭아맸다. 옆 사람, 윗사람 눈치 보느라, 맡은 일을 더 잘 해내고 싶은 욕심에서 비롯됐다. '나 이렇게 열심히 야근해, 나 이렇게 충성해'라며 다른 사람에게 보여주려는 마음도 있었다. 그러면서 스스로 안심했다. '난 이 직장에 꼭 필요한 사람이야, 충성하는 사람이야'라고 말이다.

일은 끝나지 않는다. 또 생기고 생긴다. 결국 매듭지어야 일이 끝나는 것이다. 내가 매듭짓지 않는다면 그 일은 누구도 매듭지을 수 없다. 매일 매듭짓는 과정. 그게 바로 퇴근이다. 하루를 규모 있게 살아가는 법. 오늘 할 분량에 최선을 다하고 마무리 짓기. 이제야 직장인답게 일하는 법을 연습하기 시작한다.

5

부르면 바로 달려갑니다

누군가 부르면 바로 달려갔다. 사람들이 나를 찾으면 꼭 필요한 사람이 된 것처럼 뿌듯했다. 'YES'로 답했다. 사람들의 요청을 많이 받는 사람일수록 그만큼 쓸모 있는 사람이라 여겼다. 그러니 사람들의 요청을 거부하거나 거절할 수가 없었다. 그동안 좋아하는 일인지, 싫어하는 일인지, 혹은 할 수 있는지, 없는지 따지지 않았다.

이런 내가 달라졌다. 이제는 사람들의 요청에 할 수 있는 것과 없는 것을 구분하려고 한다. 바로 승낙하지 않고 '생각해 보고 답할게요'라고 잠시 멈춘다.

대리 때의 일이다. 후임은 나에게 '대리님 자세는 20도 기울어져 있어요'라고 말한다. 그게 무슨 말일까.

직원의 이야기인즉슨, 내 상체가 누군가 부르면 바로 뛰어

갈 자세 같다고 한다. 그때까지 내 자세에 대해 인식하지 못했다. 어느새 그런 몸가짐을 가지게 되었다.

전국 기관들을 지원하는 부서에서 일하다 보니 요청이 많았다. 전국 각지에서 문의와 요청을 받으면 어떻게든 빨리 해결해 주고 싶었다. 하지만, 그게 어디 내 마음대로 되는가? 권한도 능력도 없는 일개 직원일 뿐이다. 하나를 해결해 주려고 해도 그 안건을 위에 보고하는 것만 해도 오래 걸렸다.

요구와 요청에 제대로 답변하지 못하면 어떻게 되는가? 민원이 시작된다. 불만이 왜 이렇게 많을까. 전화로 온갖 불만을 쏟아놓는 사람들의 이야기를 한참 듣고 나서야 통화가 끝났다. '네네, 네, 알아볼게요'라고 말할 수밖에 없다. 결국 요청받은 사항을 해결해 주지 못한다는 생각에 마음이 괴로울 때도 있었다.

12월이 오면, 사무실에는 다음 해의 업무를 계획하며 업무 분담을 고민한다. 어렵고 복잡한 업무에 대한 담당자를 정해야 하는 그 순간, 회의실에는 적막이 흐른다. 그 일이 자신에게 배정될지 싶어 걱정하는 눈치다. 이 순간만 지나가라 하며 다들 고개를 푹 숙이고 애꿎은 다이어리만 째려보고 있다. 그럴 때 나도 마음속에 갈등이 일어난다. '아, 내가 한다고 할까, 말까' 하다가 결국은 손을 들고 그 업무를 맡는다.

     나를 먼저 안아주기로 했어

누군가 해야 한다면 시키기 전에 자원하려고 한다.

직장에서 일을 하다 보면 연 사업계획서나 업무 분담에 없었지만 갑작스럽게 진행되어야 하는 애매한 업무들이 생긴다. 결국 가장 만만해 보이는 직원에게 그 업무를 배정하게 된다. 그 만만한 직원이 누구냐고? 바로 그 직원이 나다. 군말 없이 하게 될 사람에게 '이 업무 좀 맡아서 하세요'라고 말하기가 쉬운 법이고, 난 그런 사람이었다. 자원하는 업무와 맡은 업무까지 하다 보니 시간이 지날수록 점점 일이 더 많아졌다. 가는 곳마다 일을 몰고 다니냐며 놀림을 받기도 했다.

법인 내에서 전국 사업장 직원들의 직무에 대한 전문성을 높이기 위해 교육 및 컨설팅 부서가 신설된다고 했다. 중장기 전략 방향에 맞춰 신설되는 부서였다. 업무에 착수하기 전, 2개월은 부서장과 실무자 1명, 다음 연도 연간 계획, 분장, 세부 내용 등 세팅 작업을 해야 하는 상황이었다. 그 부서에서 필요하니 인사 발령을 내겠다는 연락을 받았다. 지금 일하고 있는 사업장에 발령 난 지 얼마 되지 않았기 때문에 갈 수 없다고 정중히 거절했다. 하지만 얼마 후 다시 연락이 왔고 또다시 요청했다.

결국 11월, 그 부서로 발령났다. 신규 부서였으니 얼마나 할 일이 많았겠는가. 게다가 직원은 없어서 일당백을 해야 하는 상황이었다. 2개월 동안 부서 세팅을 진행하며 동시에 교육과 컨설팅 업무를 기획했다. 다음 연도 업무 준비만 하는 줄 알았는데, 12월이 되면 업무에 바로 착수해야 하는 상황이었다. 사업장 두 군데 업무 분석과 개선 사항에 대한 진단과 제안 사항을 정리해서 기관에 방문했다.

이듬해 1월, 한 명의 직원이 와서 손발을 맞추기 시작했다. 사업장 출장을 가는 날이면 새벽 5시에 출발해 밤 11시가 되어 집에 돌아온다. 그 사이사이, 전국 800명을 위한 직무 교육을 구성하여 교육을 운영했다. 800명의 직원이 연중 60시간 이상의 교육을 받도록 교육을 기획해야 했다. 3시간짜리 단회기 교육부터 3일 연속 교육까지, 800명 모두를 이수시키기 위해 같은 교육을 총 12회까지 반복 진행하기도 했다. 교육 강사 섭외부터 교육 운영, 교육 평가까지, 교육생 관리까지 진행해야 하니 몸이 10개라도 부족했다. 전국 직원들의 역량 강화를 위해 일하다가 나의 역량이 소진될 뻔했다.

'이 직원은 일당백 하는 직원이에요'라며 누군가가 나를 소개하니, 그 말대로 일당백을 하기 위해 달렸다. 도무지 할 수 없는 일도 해내고야 마는 이 정신. 정말 나의 온 에너지를 다 쏟아부었다. 엎친 데 덮친 격으로 이사를 해서 사무실 출근이 왕복 5시간 가까이 걸리는 상황이 됐다. 체력적으로도, 업무 강도로도 감당이 되지 않았다. 집에서 조금 더 가까운 곳

     나를 먼저 안아주기로 했어

으로 발령 요청을 할 수밖에 없었다.

사람들에게 기대받으면 결국 기대받는 대로 행동하게 된다. 부름을 받으면 부름에 응답하게 된다. 일당백 하는 직원이라는 말을 들으니 일당백 하려 했다. 어떻게 한 사람이 100명의 역할을 하겠는가. 그러려면 몸을 혹사하면서 결국 다 해내는 수밖에 없다. 얼마나 일 시키기 딱 좋은 사람인가. 군말 없이 일하고, 끝까지 해내고, 열심히 한다. 동물에 나를 비유하자면 우직한 소를 꼽을 수 있겠다. 누렁소 말이다.

노선을 잘못 탔다. 베짱이처럼 굴어야 했는데, 소처럼 굴었다. 이러다간 뼈까지 다 우려줘야 할 판이다. 열심히 일하면서도 만족감은 점점 떨어졌다. 왜 이런 상태가 됐을까? 곰곰이 생각해 보니, 일에 끌려다니느라 내 마음을 소외시켰기 때문이다. 내 마음을 소외시키지 않는다는 건 내 마음과 결정을 돌보지 못했다는 의미이기도 했다. 나의 자율성과 주도성이 무시될 때 점점 소외된다. 이제 더 이상 끌려다니는 인생이 아니라 주도하는 인생을 살고 싶어졌다. 그런데 모름지기 직장인이, 주도하는 인생을 살기가 어디 쉬운가. 시키는 것을 해내는 것만으로도 보통 일이 아니니 말이다.

생각을 좀 더 넓혀 보기로 했다. 직장 생활을 나를 계발하는 훈련의 장소로 여기는 것이다. 나의 자율성, 주도성을 연습해 보고 계발해 볼 수 있는 기회를 포착한다. 직장 업무 큰 틀 안에서 조직의 방향, 매뉴얼을 따라가야 하겠지만 그 안에 내가 하고 싶은 일을 충분히 시도해 볼 수 있는 기회가 열려있다. 기획, 운영, 관리 등에 세부 사항에 있어서 나만의 비법과 경험을 만들어 볼 수 있다.

누가 시켜서 움직이지 않고 스스로 움직이는 것을 결정하고 행동하는 것만으로도 큰 연습이다. 가령, '다음 주 화요일까지 보고서 완성해 보겠습니다'라고 스스로 기한을 정하고 그 일을 상사에게 보고하는 것이다. 상사가 확인하기 전에, 스스로 마감 시간을 정하고, 업무 흐름을 주도한다면 다른 사람이 시키는 대로 사는 인생이 아니라 주도성이 있는 삶을 살게 된다.

자신의 주도성을 꽃피울 방법을 스스로 찾아보라. 생각지 못한 무궁무진한 아이디어가 있으리라 기대한다. 나에게도 그 비결을 꼭 나누어주면 좋겠다.

　　　　　　　　　　　　　　　나를 먼저 안아주기로 했어

⑥

좋은 평판을 깨기 싫어

 '타인의 인정으로부터 자유로워지고 싶다'라고 여전히 말하고 있다면 완료 상태가 아니다. 아직 이루지 못한 희망 사항이기 때문에 말하게 되는 것이다. 자유롭게 되고 싶다는 건 아직 얽매여 있다는 걸 의미하니까 말이다. 언제쯤 자유로워질 수 있을까.

 아직 느리긴 하지만, 조금씩 타인의 인정으로부터 자유로워지는 법을 연습 중이다. 예전엔, 다른 사람들이 나에 대해 말할 때 '일 잘하는 사람, 똑똑한 사람, 성격 좋은 사람, 함께 있고 싶은 사람' 이렇게 말해주면 좋겠다고 생각했다. 뭐 여기까지는 누구나 생각할 수 있는 수준의 바람이다. 이 정도의 욕심은 좋은 사람으로 성장하는 데 필요한 부분이기 때문이다.

그런데, 문제는 여기에 있다. 만일, 한 명이라도 나에 대해, 별로라고 말하는 사람이 있다면 안 된다고 생각하는 것이다. 누군가가 나를 싫어하고 별로라고 하면 그것을 받아들이지 못하고 못 견뎌 한다는 것이다. 이쯤 되면 문제는 심각해진다. '모든 사람은 나를 좋아해야만 해'라는 생각에 사로잡혀 있었다. 그러다 보니 누군가에게 미움을 받는다는 건 견딜 수 없는 일이었다. 그러니 모든 사람에게 인정과 사랑을 받으려고 얼마나 애써왔겠는가.

타인의 인정을 언제부터 바라고 있었을까. 학창 시절, 반이 딱 한 개밖에 없는 작은 학교에 다녔다. 유치원 시절부터 6학년까지 계속 같은 친구들과 한 반에서 함께 싸우고 웃고 떠들고 놀았다. 반장을 뽑으면 매번 반장이 되곤 했다.

선생님들이 잘한다, 예쁘다 해 주면 그렇게 기분이 좋았다. 수업 시간 중 노래를 불러도(그때까지만 해도 음치가 아니었다), 오르간을 연주해도, 발표해도 '잘하네, 잘해'라고 선생님들은 칭찬했다. 선생님과 친구들에게 인정받으니, 자신감이 하늘까지 닿았다.

직장에서도 '성격 좋은 직원, 일 잘하는 직원'이라고 인정받고 싶었다. 보통, 일을 잘하면 성격이 지랄 같거나, 성격이

          나를 먼저 안아주기로 했어

착하면 일에 구멍이 많고 허술하다는 평가가 있었다. 그 어떤 것도 포기하고 싶지 않았다.

성격이 좋다는 것은 무엇일까. 함께하는 동료들에게 함부로 해야 하지 않아야 한다. 특히, 상사뿐 아니라 후임에게도 존중하는 태도를 보여야 한다. 친절하게 대하기, 관심 가지기 등 따뜻하게 대해야 한다. 동료뿐 아니라, 아동과 가족, 기관들의 종사자에게까지도 친절하게 대해야 한다.

미소 띤 얼굴, 상대방 요청에 응할 수 있는 열린 마음을 가지고 대해야 한다. 만나는 사람들에게 상냥하게, 친절하게 대했다. 이런 시간이 쌓여 배려, 양보를 바탕으로 한 친절한 사람이라는 칭찬을 많이 받았다. 사람들은 만났을 때도 물론이고 전화 통화, 보내는 메일에서도 친절이 묻어 있다는 피드백이 들려왔다.

생각해 보면 처음부터 일머리가 있지 않았다. 첫 번째 만난 상사에게 호되게 혼나면서 일에 대한 감각, 일 처리 방식 등을 배울 수 있었다. 머리가 좋지 않으니, 시간으로 에너지를 더 쏟아부으며 일을 배웠다. 순환보직 발령 체계 직장이다 보니, 몇 년에 한 번씩 다른 부서로 발령이 났다. 그럴 때마다 내 앞에 놓인 업무는 새로웠다. 연차는 쌓였지만, 새로운 업무를 맡게 되니, 신입 직원이 된 듯 어리숙해지는 기분이 들었다. 업무를 단기간에 익히기 위해 두세 배 더 시간을 들이고 공부했다. 관련 책을 읽고 더 많은 사람에게 조언을 구하고 정보를 찾았다. 그렇다고 쉬운 일이 오는 게 아니었다. 연차에 따라 책임감과 강도 높은 일을 해야 했다. 다행히도 쌓여가는 업무 경험만큼 함께 일하자고 하는 부서장들과 동료들이 생기는 복을 누렸다.

첫째 출산과 함께 시작된 출산 휴가와 육아 휴직이 처음 계획과 달리 길어졌다. 4년여 만에 육아 휴직을 끝내고 복귀했다. 새로운 업무 앞에 긴장감이 컸다. 심호흡을 아무리 해도 '잘할 수 있을까. 못 하면 어쩌지?' 이런 마음이 사그라지지 않았다. 나를 가장 두렵게 한 것은 이전에 쌓아 놓은 평판이 사라지면 어쩌나 하는 마음이었다. '아기 엄마 되더니, 녹슬었네, 아주 별로야.'라는 말을 들을까 미리부터 걱정했다.

왼쪽 어깨에는 성격 좋은 사람, 오른쪽 어깨에는 일 잘하는 사람, 내 등에는 좋은 엄마라는 평판까지 얹어지면서 어깨가 짓눌리는 기분이었다. 하지만 그 어떤 것도 놓치기 싫었다. 성품에서도, 일에서도, 육아에서도 모든 영역에서 전부 A+를 맞고 싶었다.

　　　　　　　　　　　나를 먼저 안아주기로 했어

복직하고 보니, 많이 뒤처진 사람이 되었다. 나보다 늦게 과장이 되었던 사람도 이미 차장이 되어 있었고, 나보다 일을 잘 못 하던 사람도 이미 승진해서 팀장이 되어 있었다. 아이를 키우는 데 집중했을 뿐인데, 지나온 시간이 야속하게 느껴졌다. 다른 사람들과 나의 위치를 비교했다. 끊임없이 나와 남을 비교하면서 내 자리를 확인하려고 했다. 비교는 불행해지는 최악의 습관이라던데, 그 최악의 습관을 반복하고 있었다. 언제까지 최악의 습관을 반복하면서 살 것인가. 완벽할 수 없는데 완벽해지려고 하면서 나 자신을 언제까지 괴롭힐 것인가, 마음을 고쳐먹기로 했다.

인생은 길게 보아야 한다. 빨리 가는 사람도 있지만 느리게 가는 사람도 있다. 잘하는 영역도 있지만 못하는 영역도 있다. 강인한 사람은 자신이 처한 상황을 있는 그대로 인정하고 나아갈 길을 찾는 사람이다. 다 잘할 수 있다고 여기는 것조차 교만이다. 현실을 제대로 파악하지 못하는 상태라고 볼 수 있다. 이제는 부족한 내 모습에 대해 수용할 때가 되었다. 타인과 비교를 멈추고 내가 어떤 존재인지를 깊이 만나야 할 때가 온 것이다.

어느 토요일, 지나가던 한 자그마한 체구의 할아버지께서 나에게 인생의 비밀을 하나 알려준다며 말을 걸었다. 처음엔 이상한 분인가 싶어서 경계했지만 해 주는 말씀이 나에게 딱 필요한 이야기였다. 그분은 '소리와 색을 잘 구분하라'라고 말했다. 들어야 할 소리는 듣고, 듣지 말아야 할 소리를 거르는 능력. 그리고 자신이 입고 있는 색이 무엇인지 정확하게 알아야 한다고 강조하셨다.

다른 사람들 흉내 내느라 내 색깔을 잃고 혼탁해져 있었다. 이제 남이 원하는 색이 아니라 나의 색깔을 발견해 가야 한다. 내 마음속에서 울리는 '더 잘해야지, 훌륭한 사람이 되어야지' 하며 채근하는 소리가 들려올 때면, 라디오 주파수를 돌리듯 내면의 목소리를 바꾼다. '충분히 잘 해내고 있지, 너니까 해내고 있는 거지'라며 격려의 주파수에 맞춘다.

40대가 되면서 20대와는 상황이 완전히 달라졌다. 해야 하는 역할은 많아졌지만, 에너지는 줄어들었다. 체력도 약해졌다. 모든 영역에서 잘하려는 마음을 내려놓는다. 그저 내가 할 수 있는 작은 일에 집중한다. 속도는 느려졌을지 몰라도 깊이와 노련미가 생기지 않았을까. 사람들의 평판에 매여 있지 않은 삶. 비교 없이 온전히 나로 존재하는 길에 들어서는 중이다.

    나를 먼저 안아주기로 했어

（7）

무언가 하지 않으면 불안해

내 마음이 고요해지는 시간. 고단한 하루 끝에 샤워를 마치고 컴퓨터 앞에 앉아 나의 하루를 돌아본다. 매일 감사 세 가지를 기록하는 루틴을 실천한 지 800일이 넘었다. 루틴을 기록하는 시간은 통통 통통 요동치던 마음들이 가라앉게 하고 평온해지는 시간이다. 연필로 글을 쓴다면 '사각사각', 컴퓨터로 글을 쓴다면 '타닥타닥', 내 마음을 정돈하는 소리다. 글쓰기는 내 마음을 조율하는 시간이다.

〈인사이드 앤 아웃 2〉를 봤다. 주인공인 라일리가 사춘기가 시작되면서 2편에서 새로운 감정들이 등장한다. 그중 한 명이 '불안이'다. 불안이는 미래를 계획하고 대비하는 역할을 담당한다. 라일리에게 더 나은 미래를 주고 싶은 마음은 선하지만, 안 좋은 일이 미래에 일어날 것을 걱정한다. 그러면서 '더 잘해야 한다'라고 라일리를 몰아붙인다. 불안이 빠르게 움직일수록 불안은 더 커지고 멈출 수 없을 정도로 폭주한다.

불안이를 보면서 한 아이가 생각났다. 그 아이는 가정 폭력으로 마음이 갈 곳을 잃은 아이였다. 한시도 가만히 있지 못하고 이리 뛰고 저리 뛰었다. 한 가지 일에 집중 못 하고 금방 포르르 일어나서 장난감을 가지고 온다. 그리고 10초도 되지 않아 관심을 꺼 버리고 다른 놀잇감을 가지고 논다. 소파에 앉아 있다가 방바닥으로 내려온다. 화장실 다녀온 지 30분도 되지 않았는데, 또 화장실에 가겠다고 한다. 주변에 있는 사람들은 ADHD 검사를 해 보아야 한다며 우려를 많이 했다.

이 아이가 한시도 가만히 있지 못하는 이유는 무엇일까. 아이 마음에 불안이 깃들어서 그런 게 아닐까. 마음이 힘들고 괴로우니 안정감을 잃어버린다. 이 아이는 상담에 참여하면서 조금씩 안정감을 찾아갔다. 10초도 가만히 앉아 있지 못했던 아이가 이제는 10분도 넘게 앉아 있는다.

넷플릭스에서 〈빨간 머리 앤〉 드라마를 봤다. 마릴라와 매슈 남매는 집안일을 도와줄 소년을 찾는 과정 중 빨간 머리

　　　　　　　　나를 먼저 안아주기로 했어

소녀 앤을 집으로 데리고 오게 된다. 한번은 마릴라가 아끼는 자수정 브로치가 사라지는 사건이 벌어지면서 앤이 그 도둑으로 몰린다. 오해 속에 억울함을 느낀 앤은 집을 가출하여 보육원으로 다시 돌아간다. 앤이 가출한 이후 마릴라는 쉴 새 없이 집 안을 청소하고 마룻바닥을 닦는다. 멈추지 않고 계속 닦는다.

마릴라는 앤이 갑자기 집을 떠나버리자 괴로운 마음을 달래기 위해 바닥을 계속 닦는 것이다. 이처럼 우리는 무언가 불안하고 답답할 때, 가만히 있지 못하고 무언가를 하게 된다. 보통은 부정적인 영향을 미치는 행동으로 자신을 괴롭힌다. 가령, 술을 계속 마시거나, 도박을 멈출 수 없다거나, 자해를 계속 시도하는 경우다. 일중독도 이런 증상 중의 하나라고 볼 수 있다.

몇 해 전, 슈퍼바이저 교육을 받았다. 교수는 신, 가족을 제외하고 '내가 사랑하는 5가지'를 써 보라고 했다. 모둠 안에서 조원들과 기록한 것을 나누었다. 내 차례가 되어 일을 사랑한다고 발표했다. 조원들이 깜짝 놀란다. 어떻게 사랑하는 것에 '일'이 들어갈 수 있느냐고 묻는다. 나는 일이 얼마나 재밌냐고 반문했다. 일을 하면서 살아있다는 느낌이 들었고, 그 일을 하면서 다른 사람을 도울 수 있으니 가치 있다고 느

끈다고 이유도 밝혔다.

　내가 하는 일을 좋아하는 것은 축복이다. 하지만, 일을 좋아하는 것을 넘어서 일에 중독되어 있다면 그건 문제가 될 수 있다. 일을 좋아하는가? 아니면 일에 중독된 걸까?
　나는 불안이를 닮은 아이처럼, 〈빨간 머리 앤〉의 마릴라처럼 한시도 가만히 있지 못할 때가 많았다. 끊임없이 무언가를 했다. 퇴근 후에도 자꾸만 업무 관련 결재를 하고 보고서를 작성했다. 퇴근 후에도 회사 메신저를 자꾸 열어본다. 메신저를 계속 들여다보면서 업무를 체크하고 업무를 한다. 퇴근 후에도 그룹웨어 메일과 전자 결재함을 수시로 열어본다. 업무 버튼을 꺼야 하는데도 끄지 못하고 계속 들여다본다.
　업무 시간과 개인 시간 간에 경계가 없다. 그러면서 업무에 최선 다하는 나라고 합리화하곤 했다. 불안을 가장한 행동이었다. 가족과 나의 개인 영역을 자꾸 후 순위로 미룬다. 사무실에 앉아 있는 시간이 길어지니 허리, 어깨, 목 건강도 나빠진다. 어느새 나도 모르게 일 중독자가 되어 버린 것이다.

　지금 내 글에서도 불안이 느껴진다. 한 에피소드에 집중하지 못하고 이 에피소드, 저 에피소드로 널뛰기하듯 생각이 옮겨지고 있으니 말이다.

　　　　　　　　　　　　　　　나를 먼저 안아주기로 했어

어차피 불안이 높은 사람이라는 걸 들킨 김에 tvN 프로그램 〈유퀴즈〉에서 본 내용을 나누려고 한다. 그날 토크쇼에 나온 사람은 멍때리기 대회에서 우승한 사람이었다. 멍때리기 대회는 어느새 10주년을 맞이했다고 한다. 심박수를 15분마다 재서 안정적인지 확인한다. 평소, 그녀는 한시도 쉬지 않는 N잡러다. 기자, 리포터, 국제 행사 MC, 독일어 강사, 성우 등 갖고 있는 직업만 10개라고 밝혔다. 또 4개 국어를 하는 아나운서이다. 이렇게 바쁜 그녀가 어떻게 멍때리기 대회에서 우승할 수 있었을까? 평소에는 멍때릴 시간이 없는데, 멍때리기 대회를 통해 아무것도 하지 않고 제대로 쉴 수 있었기 때문에 좋았다고 했다. 일할 때는 몰입해서 일하고 쉴 때는 제대로 쉴 수 있는 그녀의 내공이 부러웠다.

일을 하지 않을 때 안절부절못하고 조바심 나는 마음을 줄여야 한다. 퇴근과 함께 업무 버튼을 꺼야 한다. 업무 차단기를 주저 없이 내려보자. 직장 업무는 사무실에서만 하고, 집에 가져가서 하지 않는다는 원칙을 세워야 한다. 무엇보다 뇌를 잘 쉬게 하는 게 중요하다. 잠을 잘 자고, 퇴근 후나 주말 시간 중 자신이 좋아하는 취미와 운동을 찾아보는 게 필요하다. 우리도 '멍때리기' 휴식법을 가져 보는 것은 어떨까. 일 생각을 잠시 멈추고 5분이라도 눈을 잠시 감고 있어 보자.

짧게 제대로 쉬고 싶다면 컴퓨터도, 휴대전화도 없는 곳에서
잠시 아무 생각도 없이 멍하니 있는 연습을 한다.

불안이라는 엔진에 나를 싣지 않기로 결심했다. 아무것도
하지 않아도 되는 용기를 낸다. 멈춰 서서 가만히 고요한 속
에서 나를 만나는 시간이 필요하다. 하루에 5분, 아무것도 하
지 않고 가만히 있어 보는 연습부터 시작해 본다.

8

나의 쓸모는
사랑에서 찾는다

"당신, 전문 분야는 무엇인가요?"

누군가가 나에게 이런 질문을 한다면, 어디론가 숨고 싶어진다. 사회복지 업무를 시작한 지 19년 차에 들어서는데, 전문 분야로 내세울 만한 게 없다. 전문성은 어떻게 쌓을 수 있는 걸까. 19년간 한 우물을 팠으면 제대로 된 우물을 팠을 텐데. 이것저것 벌려놓기만 하고 아직 뭐 뚜렷하게 이루지 못했다는 생각에 한심스럽다.

『오십, 나는 재미있게 살기로 했다』의 이서원 작가는 본인을 소개할 때 '가정 폭력 상담 30년 차, 3만 명 이상의 사람을 만난 상담가'라고 소개한다. 30년의 세월이 쌓이고 3만 명 이상의 사람을 만나면서 얼마나 많은 지혜가 쌓였을까. 지식과 연륜으로 대가가 경지에 오른다.

박사, 교수, 기관장, 슈퍼바이저가 되는 길이 전문가의 길이라 생각했다. 그런 직책이나 명함은 전문가를 가장 손쉽게 다른 사람에게 보여주는 방식이라 여겼다. 앞에 네 가지 모두 나 나에게는 멀고 먼 길이다. 박사 과정에 입학 안 했으니, 박사가 언제 되겠나. 해외 유학도 다녀오지 않았으니 어떻게 교수가 되겠나. 현재 법인에서도 수많은 선배가 있으니, 기관장이 되는 것도 요원해 보인다.

상담 분야의 슈퍼바이저가 되어 보고 싶다고 마음먹어 보지만 이 또한 멀고 먼 길이다. 1급 상담사가 되기 위해 780시간의 수련을 받아야 한다. 그 이후에도 슈퍼바이저 연수 과정을 거쳐야 한다. 사람들이 농담처럼 상담 분야에서 슈퍼바이저가 되려면 1억이 든다고 했는데, 그 말이 진짜 사실일 수도 있겠다. 대학원 과정, 학회 수련 과정, 교육 훈련비 등을 합치면 엄청난 시간이 소요되는 것뿐 아니라 비용도 어마어마하게 들어가니 말이다.

지금까지 열심히 산다고 살았지만, 남은 게 무엇일까. 쓸모 있는 인간이 되기 위해 직장 생활을 열심히 했다. 직장 안에서 무엇을 열심히 했냐고 물어보면 딱히 한 가지로 말할 수는 없다. 직장에서 그저 주어진 일을 열심히 했다.

뚜렷하게 한 분야는 아니지만 사업장 관리, 교육, 예산 수

　　　　　나를 먼저 안아주기로 했어

립, 사업 평가, 중장기 전략 수립이라는 조직 관리부터 행정 업무, 사업장 지원 업무까지 수행했다. 지금은 아동과 가족을 만나는 일을 하고 있다. 사례 관리 및 상담 업무가 주된 업무다. 이 일은 나에게 새로운 도전 영역이었다. 이전에는 사업장 지원 업무를 맡아왔던 터라 보고서와 문서 중심으로 일을 했다. 이제는 사람을 대면하고 상담하는 일을 한다. 직접 발로 뛰고 사람을 찾아간다. 상대방의 이야기를 들으며 마음을 어루만진다.

아동 학대라는 범주 속에 놓인 가족. 그로 인해 고통을 마주한 아동과 보호자. 그들의 복잡한 그 마음을 어떻게 다 이해할 수 있을까. 공포심과 불안감, 두려움. 경계심, 실망, 분노까지 다루어야 하는 일이다, 거기에 복잡미묘한 사람의 마음. 사람을 만나는 일만큼 공부가 많이 필요한 일이 있을까. 열 길 물속을 알아도 한 길 사람 속을 알 수 없다는 말도 있지 않은가. 한 사람을 이해하는 것은 우주를 이해하는 것보다 더 큰 일이다. 사람 공부, 마음 공부를 해야 했다.

아동 학대 분야 업무는 사회복지 업무 중에서도 기피 업무 중 하나로 꼽힌다. 아동 학대 분야 상담원들의 평균 근속 경력이 1.9년밖에 되지 않을 정도로 오래 버티지 못하고 금세 떠나버린다. 오래도록 그 일을 지속할 수 없는 여러 이유가 있겠지만 아동 학대 가해자들에게 받는 모욕과 저항, 경계를 감당하기 어렵다는 이유를 꼽는다. 사람들에게 도움을 주고 좋은 일을 하고 싶어서 시작했는데, 실상은 비난과 욕을 더 많이 받게 된다. 충분한 친밀감을 형성하고 마음이 연결되어 한 사람과 한 사람으로 만나기까지 오랜 시간이 걸린다. 무엇보다 변화가 쉽지 않다. 작은 변화들이 보이는 것 같다가도 가정 내에서 갈등과 어려움이 커지면 그동안의 노력이 한순간 무너지기도 한다.

특별히 한 아이가 떠오른다. 시설에서 만난 3살밖에 안 된 작은 아이. 이 아이는 학대로 인해 가정에서 분리되어 시설에서 생활하고 있었다. 이 아이를 가정으로 다시 돌아가게 돕는 과정에서 아이가 혹여나 가정으로 되돌아갔다가 잘못되지 않을까 불안한 마음이 불쑥불쑥 올라왔다. 학대 피해 아동들이 가정 복귀 후 사망했던 사건이 뉴스에 종종 보도되었기 때문에 그런 상황이 벌어질까, 걱정과 우려가 컸다.

5개월에 걸쳐 아이를 집으로 보내기 위해 준비 작업을 했다. 아이를 만나고, 엄마를 만나서 상담했다. 아이와 엄마가 시설이 아닌 가정에서 잘 지낼 수 있는지 보기 위해 면회를 시작했다. 그러다 하루, 이틀 외박을 진행해 보고 일주일 가정에서 지내보기도 했다. 시설에서 퇴소하여 아이가 가정으

　　　　　　　　　　나를 먼저 안아주기로 했어

로 돌아간 이후에도 일주일에 한 번씩 가정에 찾아가서 아이가 잘 적응하고 있는지 살펴보았다.

사례 관리하면서 어느 새벽에 꾼 꿈이다. 담당하던 사례의 아이가 죽었다는 소식을 들었다. 그 소식을 듣자마자 가정으로 바로 찾아갔다. 집 밖에는 경찰, 마을 사람들이 모여 웅성거리고 있었다. 엄마는 태연하게 외출 준비를 마치고 집 밖으로 나오고 있었다. 엄마에게 달려가 지금 아이가 죽었는데 어디를 가는 거냐며 엄마의 팔을 붙잡았다. 엄마는 내 팔을 뿌리치며 서둘러 가 봐야 한다고 했다.

내 팔을 딱 뿌리치는 순간 잠에서 깼다. 등골이 서늘했다. 그래도 다행이었다. 꿈이어서. 가슴을 쓸어내렸다.

힘들고 무거운 일이지만 아동 학대 피해 아동과 가족들을 만나는 일을 계속하는 힘은 무얼까. 가치 있기 때문이다. 사람을 학대한다는 건 그 사람이 더 이상 마음이 극도로 피폐해져서 학대 외에는 다른 방법으로 그 문제와 스트레스를 풀 수 없는 상태에 이르렀다는 의미이다. 그런 환경에 오랜 기간 노출된 아이일수록 그 아이와 가족의 상처는 깊다.

만나는 아이와 가족의 상처를 보듬고 그들의 존재를 환대해 주는 어른이고 싶다. 특히 만나는 아이들에게 마음으로, 눈빛으로, 말로 꼭 전해주고 싶었다.

"태어나 줘서 고마워."

"너는 참 소중해."
"너를 만난 게 정말 큰 축복이야."

괴테가 한 말, '사랑이 살린다'라는 말이 나를 움직인다. 나의 쓸모는 사랑에서 찾는다. 한 사람을 마음으로 안아주는 일. 그 한 사람이 잘 성장하기를 염원하는 마음. 그것이 나의 쓸모인 것을 다시 한번 마음에 새기며 오늘도 사랑하며 살려 한다.

제3장

비로소 내 마음을 알아차리다

(1)

꼭꼭 숨어 있던
나를 발견하다

한국 영화 〈뷰티인사이드〉에서 주인공 우진은 매일 아침에 잠에서 깨어날 때마다 외모가 완전히 다른 사람으로 변해버린다. 이 변화는 성별, 나이, 국적까지도 아우르는데, 어느 날은 잘생긴 남자로, 아이로, 여성으로, 노인으로 시시각각 바뀐다.

우리 안에 시시각각 변화하는 다양한 얼굴과 모습을 마주할 때가 있다. '도대체 넌 누구냐?' 거울 속 내 얼굴이 낯설게 느껴질 때가 있듯이 말이다.

다른 누군가가 '너 이런 사람이잖아.' 이렇게 말하면 '내가? 그렇다고?'라며 반문할 때가 있다. 한 지인이 나에게 "넌 독특해"라고 말한 적이 있다. 독특하다고? 지극히 평범하고 어느 면에서도 튀지 않는, 평범하다 못해 단조로운 사람이 아니던가.

직장에서도 동료 평가를 한다. 인사 담당자들은 그 평가를 취합하고 종합 결과를 안내한다. 본인 평가와 동료 평가 간에 틈새가 존재한다는 말을 들었다. 대부분 자신에게는 후하게 평가하는 경향이 있다. 반대로, 다른 사람들에게는 엄격한 잣대를 들이댄다. 내가 아는 나와 다른 사람이 평가하는 나라는 존재가 다르다는 건, 그만큼 나라는 존재를 제대로 이해하는 게 어려운 일이라는 걸 말해준다.

나이가 들수록 자기 인식이 더 어렵다는 말이 있다. 나라는 존재로 살아가면서 나라는 존재를 잘 모른다는 게 참 아이러니한 일이다. 나 역시 사춘기 소녀가 가슴앓이하듯, 진짜 나는 누구일까? 나에 대한 물음이 계속 생겼다.

『고요한 읽기』에서 이승우 작가는 말한다. '등 뒤에 있는 사람이 가장 멀리 있는 사람이다. 등 뒤에 있는 사람을 만나려면 한없이 걸어 끝까지, 세상의 끝까지 가야 한다.' 작가가 말하는 등 뒤에 있는 사람이 누굴까? 즉, 자기 자신이다. '세상의 끝'에서 만날 수 있는 사람은 바로 자신이라는 뜻이다. 세상 끝까지 가 봐야 비로소 자기 자신을 알 수 있게 된다니 자기 자신을 아는 일이란 참 어려운 일이다.

     나를 먼저 안아주기로 했어

매년 국가 건강 검진을 받는다. 2024년에는 위내시경 대상자였다. 위내시경을 받는 김에 대장 내시경도 같이 신청했다. 대장 내시경을 받으려면 약을 먹어 장을 다 비워야 한다. 10년 전, 대장 내시경을 처음 받았고 이번이 두 번째다. 그때는 물약을 먹어야 해서 밤새 곤욕을 치렀었다. 그 물약이 메스꺼워서 제대로 먹지 못하면서 화장실을 들락날락했다.

세월이 지나니 세상이 좋아졌다. 이번에는 알약이라는 신문물을 접했다. 검사 전날 저녁 7시에, 14개의 알약과 물 2L 이상을 먹고 잤다. 밤새 아무 신호 없이 잘 잤다. 검사 당일, 새벽 5시 기상하여 남은 약 14알과 물 1L 이상을 추가로 먹었다. 아무런 신호가 없으니 괜히 불안해졌다. 이런 상태로는 검사가 가능한 건지. 아무 신호가 없더니 오전 7시경부터 내 안에 묵혀 있던 것이 배출되기 시작했다.

여러 차례 화장실을 다녀오고 깨끗하게 장을 비운 상태로 병원에 갔다. 수면 마취를 받고 위와 장 내시경을 무사히 끝냈다. 얼마만큼을 자고 일어난 걸까. 개운하게 일어나 진료실에서 의사를 만난다. 의사는 내 위와 장 사진을 보여주며 설명해 주었다. 내 몸 속인데 무척 낯설었다. 위와 장이 이렇게 생겼구나. 꾸불꾸불. 반들반들. 위에 작은 염증을 제외하고 아주 깨끗하다고 한다. 위와 장을 잘 비워낸 덕분에 내시경을 잘 볼 수 있었다는 말도 덧붙여 주었다. 내 몸의 일부인

데도 평소 장기들을 볼 수 없다. 내시경을 통해서만 볼 수 있다. 게다가 약을 통해 속 안을 다 비워낸 상태이기 때문에 가능하다.

마음 내시경이 있다면 얼마나 좋을까. 내시경으로 위와 장을 보듯 마음을 선명하게 볼 수 있다면 참 좋겠다. 마음 내시경이 개발된다면 너도나도 다 할 것 없이 내시경을 통해 마음을 보려 하지 않을까. 이해하는 데 도움을 주는 여러 심리 평가 도구가 있다. 하지만 심리 검사 역시 마음을 투명하게 보여주는 것은 아니다. 단지 마음을 이해할 수 있도록 도와주는 창문 역할을 할 뿐이다.

2018년, 가족 상담 석사 과정에서 심리 검사 수업을 들었다. 심리 검사를 받고 스스로 분석하는 게 과제였다. 여러 검사 중 BGT라는 검사가 있다. 검사자가 차례대로 카드를 보여준다. 카드에 제시되는 도형을 A4용지에 그리면 된다. 이 단순한 검사로 심리를 알 수 있다니 신기했다. 첫 번째 수행 과제는 A4용지에 동그라미, 마름모를 그리는 것이었다. A4용지 정중앙에 동그라미, 마름모를 크게 그려 넣었다. 그다음 제시되는 도형들도 따라 그리라고 했다. 나는 A4용지를 더 달라고 말했다. 검사자는 지금 그리고 있는 종이에 계속

　　　　　　　　　나를 먼저 안아주기로 했어

그리는 거라고 했다. 다음 도형은 비어 있는 공간에 그렸다.

검사를 다 마치고 나자, 교수는 이 검사에 대한 해석을 들려주었다. 보통의 수검사들은 1번 도형을 A4 왼쪽 위에서부터 아래로 내려가면서 차례대로 그린다고 한다. 1번 수행 과제를 A4용지 정중앙에 크게 그려 넣는 사람들만의 특징을 말해주었다. 자기 자신을 크게 생각하고 자기 중심성이 강하다고 한다. 물론, 이 하나만 가지고 심리 평가를 해석하지는 않는다고 덧붙였다.

하지만, 이 검사 결과 자체만으로도 나는 충격을 받았다. 자기 자신을 매우 크게 생각하고 자기중심성이 강한 사람이라니. 그동안 나 자신을 다른 사람을 배려하고, 다른 사람 의견에 맞추는 사람이라 여겼기 때문이다. 이렇게 자기 인식을 한다는 게 이토록 어려운 일이다. 이렇게 자기 자신을 모른다는 사실에 한 번 더 놀랐다. 상담 공부를 하면서 알게 되었다. 매우 극과 극으로 보이는 타인 중심과 자기 중심은 결국 동전의 양면처럼 같은 뿌리라는 것을 말이다.

헤르만 헤세는 『데미안』에서 말하길, 각성한 인간에게는 오직 하나의 의무만이 존재하는데, 그것은 자기 자신에게 도달하는 것이라고 말한다. 자기 자신에게 도달한다는 것이 무슨 의미일까? 그건 바로 나 자신을 잘 알고 이해하는 것 아닐까.

나를 잘 알려면 내 마음을 만나야 한다. 내 마음과 만나려면 내 마음 안으로 걸어 들어가야 한다. 아쉽게도 마음으로 가는 길은 아무 때나 열려있지 않다. 시끄러운 상황에서는 마음이 단단하게 문을 걸어 잠근다. 마음을 만나기 위해서는 고요한 시간이 필요하다. 문 앞에 있는 여러 짐을 치워야 그 문을 비로소 만난다.

어쩌면 죽는 날까지 완전하게 나 자신을 이해하는 게 불가능할지도 모른다. 하지만 내가 어떤 사람인지, 내가 무엇을 좋아하는지 조금씩 알아간다면 나 자신을 조금씩 이해하는 시간이 되지 않을까. 마음에 먼저 물어야 한다.

마음 문을 여는 세 가지 질문을 소개한다.

먼저는 '마음이 어때?'라고 나 자신에게 물어야 한다. 물어야 답할 수 있다.

다음으로는 '네가 좋았던 건 뭐야?'라고 물어야 한다. 하루를 보내면서 내 마음이 기쁘고 즐거웠던 순간을 떠올리면서 마음이 좋아하는 것을 자꾸 발견해 주어야 한다.

세 번째, '네가 원하는 건 뭐야?'라고 물어보자. 나의 열망과 바람을 정확히 알아야 한다. 그 안에 느껴지는 희망도 좋고, 좌절도 괜찮다. 그 마음이 자신에게 무엇을 말해주고 싶은지 들어야 한다. 자신을 비난하지 않고 그 마음을 받아들

    나를 먼저 안아주기로 했어

이는 연습이 필요하다.

세 가지 질문을 하면서 마음에 조금씩 가까워지길 기대한다. 마음이 진짜 좋아하는 일을 알게 되는 순간, 우리는 비로소 마음이 어떤 모양인지 알게 된다. 그때야 내 마음이 나를 향해 빼꼼, 모습을 드러낸다.

（2）

진짜 나를 찾아서

오늘 나답게 살았는가? 자기 전, 스스로 질문을 던진다. 귀가 얇은 사람은 자신의 주관 없이 다른 사람의 이야기를 그냥 받아들인다. 내 말과 행동이 다른 사람에게 어떻게 보이는지 신경 쓰는 데 바쁘다.

사실 이 이야기는 내 이야기다. 다른 사람이 말하는 대로, 다른 사람들이 원하는 대로 좇아갈 때가 많았다. 이렇게 살다 보면 남의 꼭두각시처럼 살게 될 가능성이 높다. 다른 사람의 모습이 아니라 진짜 나를 찾아야 한다. 그래야 진짜 삶을 살 수 있다.

『히든 포텐셜』에서 애덤 그랜트는 성공 중에 최악은 다른 사람들의 목표를 이루는 일이라고 말한다. 그는 다른 사람의 꿈을 실현하지 말라고 강력하게 이야기한다. 평생 열심히 살고 난 결과가 다른 사람의 꿈을 실현하게 되는 것이라면 그

　　　　　　　나를 먼저 안아주기로 했어

것만큼 슬픈 일이 어디 있을까? 죽음의 관문에서 천사가 어떤 삶을 살았냐고 묻고 나서 만일 이런 이야기를 듣는다면 어떤 기분이겠는가?

"지금까지 네가 살아온 삶은 너의 삶이 아니라네. 그건 A 친구의 삶이라네."

우리는 어신 시절부터 수많은 이야기를 듣는다. 부모로부터, 학교 교사로부터, 사회로부터 '~~해야 한다'라는 요구를 받는다. '남자는 울면 안 된다, 여자는 조신해야 한다, 어른이 말하는데 끼어들면 안 된다'와 같은 말을 들으며 자랐다. 학창 시절에는 '열심히 공부해서 대학가야 한다, 열심히 일해서 성공해야 한다, 안정적인 직장이 최고다'라는 말을 들었다. 그 말대로 이 사회가 요구하는 삶을 살아내려고 발버둥 쳐왔다.

학생으로서 학교 가는 걸 당연하게 여겼다. 아파도 학교에 가야 한다고 생각하고 결석 한 번 하지 않았다. 고등학교를 졸업하면 대학에 가야 한다고 생각했다. 집 앞 큰길 건너편 독서실을 다녔다. 새벽 1시까지 공부하고 집에 들어갔다. 그 당시 유행한 말이 있었다. 4당5락이었다. 4시간 자면 대학 합격하고, 5시간 자면 대학 탈락이라는 말이다. 그러니 잠자는 시간을 줄여가며 대학 입시 공부에 매진했다. 학생이라면 공부를 열심히 하는 것이 당연한 줄 알았다. 그 외, 선택지를 알지 못했다.

좁은 세상 안에 있는 우물 안 개구리였다. 순응하며 질문하지 못하고 삶을 살아갔다. 그러니 내가 무엇을 좋아하는지, 무엇을 잘하는지에 관심을 가지지 못한 채 사회에서 요구하는 대로 살았다. 반면에 사회의 요구대로 살지 않고 그것을 거스르며 사는 사람들도 있다. 대학을 꼭 가야 한다고 생각하지 않고 자신의 재능을 발달시키면서 그 길을 걸어가는 사람이다.

L이라는 친한 동생이 있다. 이 친구는 호주로 워킹홀리데이를 가게 되었다. 그곳에서 지내면서 상점을 돌아다니면서 청소를 하는 사람들을 보게 되었다. 2007년도였으니 그 당시만 해도 우리나라에서는 청소업체가 활성화되지 않을 때였다. 카페나 음식점, 병원들도 직원들이 업무를 마칠쯤 청소를 하는 업무까지 하고 퇴근하는 경우가 많았다. 이 친구는 호주에서 청소 사업에 대한 아이디어를 발전시켰다.

한국에 돌아온 후 청소 사업자 등록을 했다. 카페 청소 제안서를 만들었다. 카페 바리스타에게 청소하라고 하니 불만이 있다는 걸 들었다. 매장 청결도 잘 관리되지 않았다. 아르바이트생을 한 시간 일찍 퇴근시키고 그 비용으로 청소 업체에 청소를 맡기라는 제안서였다. 같은 비용으로 청소 효과를

　　　　　　　　　　나를 먼저 안아주기로 했어

제대로 낼 수 있으니 카페 점주에게도 도움이 됐다. 카페 문을 닫고 난 후 새벽을 활용하여 청소를 1시간씩 해 주는 조건으로 계약을 체결했다. 카페 점주 입소문 덕분에 프랜차이즈인 다른 지점들도 연결되었다. 50개가 넘는 매장 청소를 계약하게 되었다. 점차 가전제품 판매장, 병원, 기숙학교까지 청소 사업을 점차 확장해 나갔다. 그렇게 개인 사업자에서 법인사업자로 성장했다. L은 이제, 청소 사업을 통해 고객들의 사업장을 청결하게 하면서 도움을 준다. 더 나아가, 수십 명의 노동자들이 돈을 벌어 먹고살게 하는 영향력 있는 사람이 되었다.

L은 궂은일이라고 마다하지 않고, 청소 사업에 뛰어들었다. 자신만의 길을 개척하는 도전 정신에 박수를 보낸다. 남들 보기에 멋있는 일이 아니라, 자신이 보기에 멋있는 일을 하는 자세. 사람들이 직장 들어가야지 뭐 하는 거냐며 만류하는 사람의 이야기를 들었더라면 지금의 모습은 없었을 테다. 주변에서 뭐라고 하든, 흔들림 없이 자기만의 길을 만들어 나가는 사람이 성공한다.

5년 전 모래놀이 치료 상담을 받았다. 모래놀이 치료는 본인 마음에 끌리는 피겨를 골라와서 모래 상자 안에 올려두는 것이다. 처음 상담을 간 날, 긴장하며 치료실로 들어갔다. 치료실 벽면에 책장을 한 가득 채운 온갖 피겨가 보였다. 사람, 만화 캐릭터, 인형, 동물, 집, 다리, 돌멩이, 의자, 나무, 꽃 등 다채로운 피겨가 있었다. 크기도, 모양도 각양각색이다.

상담사는 나에게 '원하는 거 아무거나 모래 상자 위에 놓고 표현해 보세요'라고 말했다. 처음 그 말을 듣고 당황했다. 차라리 어떤 상황을 제시해 주면 좋을 텐데. 그동안 시키는 것을 하는 것에만 익숙해진 탓일까. 가족을 표현해 보라든지, 마음속 걱정을 표현해 보라든지, 어느 장면을 표현해 보라고 제시해 준다면 훨씬 수월하겠다 싶었다. 그런데 '아무거나'라니 머릿속이 하얘진다. 나처럼 틀에 박힌 사람에게는 몹시 어려운 과제다.

장 안에 있는 피겨를 훑어보았다. 한참을 장 앞에 서 있었다. 수백 개의 피겨 중에 '책 읽고 있는 할머니'가 눈에 들어온다. 그 피겨를 손에 잡았다. 그다음으로 책 꾸러미. 컵과 포트가 놓여 있는 사각 테이블이 눈에 들어온다. 모래 상자 위에 고른 피겨를 가져다 놓았다. 다시 장 앞으로 가서 섰다. 이번에는 집, 피아노, 의자가 눈에 들어온다. 흰 접시 위에 빵이 놓여 있는 둥근 테이블도 눈에 보인다. 피겨를 가져다가 모래 상자 위에 올려둔다.

이제 상담 의자에 앉는다. 상담사는 나에게 제목을 붙여보라고 한다. '평온한 한 오후'라고 제목을 붙였다. 등받이가 있

　　　　　　　　　　　　나를 먼저 안아주기로 했어

는 흰색 소풍 의자에 한가운데가 아니라 약간 왼쪽 자리에 할머니를 앉혔다. 할머니 옆자리는 비어 있다. 또 다른 1인용 의자도 비어 있다. 할머니는 책을 읽고 있었고, 그 옆에는 책 7권의 꾸러미가 놓여 있다. 혼자 조용히 책 읽으면서 고요한 시간을 보내고 있다. 언제든 사람들이 와서 앉을 수 있도록 자리는 비워 두었다. 테이블 위에 찻잔과 과일, 빵 등을 올려 두었다.

상담사와 열 번의 만남 동안 모래 상자 위에 내 세상을 표현했다. 오로지 나의 이야기로 가득 채우는 시간. 그동안 남의 이야기를 들어줄 때가 많았다. 처음에는 상담실에서 내 이야기를 하려니 낯설었다. 그러나 이야기를 시작하자, 내가 어떤 사람인지, 무엇을 중요하게 여기는지 조금씩 선명해지기 시작했다.

내가 누구인지 알고 싶은 열망이 커졌다. 나를 알아가는 여정은 지금도 여전하다. 죽는 날까지 계속해야 할 여행이다. 나를 알아가기 시작하니, 나답게 산다는 게 무얼까 관심두게 된다. 남이 내 삶의 이야기를 만들어 가도록 내버려 두어서는 안 된다. 진짜 중요한 것은 진정한 자기 자신이 되는 일이다. 나다움이 무엇인지 발견하기를. 그래서 나답게 빛나는 삶을 살게 되기를 응원한다.

③

인정받고 싶은
나는 누구인가

사람은 누구나 타인으로부터 인정받고 싶어 하고, 칭찬을 원한다. 한번 생각해 보자. 타인의 인정 이전에, 과연 나는 나 자신을 인정하고 칭찬하고 있는가? 타인의 인정과 칭찬을 받으려다가 종종 중요한 사실을 놓치고 있던 건 아닐까. 자기 자신을 받아들이는 마음이야말로 타인의 평가보다 더 깊고 오래가는 힘을 가진다. '인정받고 싶은 나는 누구인가?'라는 질문은 타인의 시선이 아니라 내 안의 목소리에 귀 기울일 때 비로소 답을 찾을 수 있다.

"보라야, 심부름 좀 해 줄래?"

피아노학원 원장이 나를 부른다. 현금 100만 원이라며 학원 앞 은행에 가서 돈을 넣고 오라고 한다. 초등학교 4학년밖에 안 된 나에게 이런 돈을 맡기다니! 돈을 잃어버리지 않게 품에 꼭 안고 은행으로 향했다. 은행 창구에 가서 통장과 돈을 내밀었다. 은행 직원은 '심부름하러 왔구나! 기특하네' 하고 말해준다. 통장을 받아들이고 피아노학원으로 쏜살같이 달려간다. 환한 미소와 함께 원장에게 통장을 건넸다.

원장으로부터 특별한 임무를 부여받은 아이. 큰돈도 믿고 맡길 수 있는 믿음직한 아이. 심부름도 잘 해내는 아이. 이런 존재라는 자부심이 내 안에 새겨진다.

포천 작은 마을에서 보낸 유년 시절. 국민학교 시절이었던 때, 우리 학교는 한 학년에 반이 한 개뿐이었다. 유치원에서 만난 친구들과 6학년까지 같은 반으로 지냈다. 매일 얼굴 보며 교실에서 뛰어놀고, 운동장에서 같이 축구하고 뛰어노니 끈끈해질 수밖에 없었다.

친구들은 나를 반장, 부반장으로 뽑아주었다. 그 덕분에 매년 반장, 부반장을 번갈아 했다. 수업 시간 시작이 되면, 자리에서 벌떡 일어나 '차렷, 열중쉬어! 차렷! 경례' 쩌렁쩌렁 한 목소리로 구령했다. 나의 구령에 따라 반 친구들이 다 같이 '안녕하세요'를 외쳤다.

국어 시간, 책 읽을 사람 손 들라고 한다.

선생님이 이렇게 말씀하시면 손을 번쩍 든다. 그리곤 또랑 또랑 책을 읽어 내려간다. 음악 시간, 선생님께서 새로운 노래를 가르친다. 처음 들어보는 노래지만 아주 큰 소리로 선생님이 가르쳐주시는 노래를 따라 부른다. 그 모습이 귀여웠는지 노래를 아주 열심히 부른다며 칭찬해 주셨다. 수업 시간이면 눈을 동그랗게 뜨고 선생님을 바라본다. '저, 이렇게 잘하지요?'라고 눈빛을 보낸다. 선생님의 눈에 쏙 들고 싶었던 아이. 인정받고 싶었던 아이였다.

6학년 3월, 서울로 이사를 오게 되면서 전학을 갔다. 지금까지 작은 반 하나에 30명 남짓한 친구들이 있는 학교에 다녔는데, 새로 전학한 학교는 거대해 보였다. 무려 한 학년에 반이 11개가 넘었다. 게다가 한 반에 50명 넘는 친구들이 있었다. 전학 간 날, 전학생이 궁금했는지, 옆 반 아이들까지 우르르 몰려왔다. 아이들은 구경거리라도 된 듯이 손가락으로 가리키며 수군수군, 웅성웅성한다. 그동안 친구들과 선생님으로부터 인정과 사랑을 받았다. 그런데 서울로 전학을 온 이후, 갑자기 별 볼 일 없는 존재가 된 기분이었다. 수업 시간 노랫소리도 크게 나오지 않았고, 손을 들고 발표도 할 수도 없었다. 새로운 환경에, 사춘기까지 겹쳐 내 마음속에 거대한 폭풍이 일었다. 쪼그라들었던 마음을 펴는 데 오랜 시간이 걸렸다.

　　　　　　　　　　　나를 먼저 안아주기로 했어

요즘 우리 집 저녁 풍경을 소개한다. 저녁 9시가 되면. 우리 가족들은 거실 책상으로 모인다. 책을 읽는 시간이다. 하루 동안 감사한 일을 나누는 시간이기도 하다.

"오늘 감사 나눔, 누가 먼저 해 볼까?"

이렇게 질문하면 영락없이 아들이 먼저 손을 든다.

"아침에 아빠가 비가 온다고 했으니 우산 가져가라고 말을 해 줬어. 우산을 챙겨갔지. 진짜 비가 온 거야. 아빠 덕분에 비 맞지 않고 학원 잘 갈 수 있었어. 아빠가 우산 챙겨가라고 한 거 고마워. 아빠를 칭찬해!"

아들의 작은 칭찬에 남편 입가에 미소가 번진다. 아들은 덧붙여 이야기를 계속 이어 나간다.

"아침에 무사히 일어났어. 등교 잘했고. 친구들하고 뛰어 놀았어. 학교 급식 반찬이 맛있었어. 학교 끝나고 학원에 갔고, 집에 와서 저녁 잘 먹었어. 이렇게 가족이 모여서 얘기하니 좋아!"

아들에게 세 가지만 나눠도 된다고 이야기해도 하루 일과 중 감사한 것을 줄줄 읊는다. 수다쟁이 아들 덕분에 웃는다. 아들은 다음 사람으로 딸을 지목한다. 딸도 쫑알쫑알 말한다.

"오늘 아침에 옷을 스스로 입은 걸 칭찬해. 그리고 울지 않고 차에 잘 탔으니 칭찬해."

아침에 일어나기 힘들어하는 딸이지만 스스로 준비하고

학교에 간다. 어린 나이인데 스스로 칭찬하는 법을 알고 있다니 기특하다. 남편은 새벽 5시까지 잠이 잘 오지 않아서 힘들었다고 한다. 그래도 일하러 가면서 안전 운전하고 이렇게 집에 무사히 돌아왔으니 감사하다고 했다. 나는 딸이 스스로 옷 입은 것과 휴대전화 게임 하겠다고 조르지 않은 것을 칭찬했다. 아들에게도 아침에 일어나서 밥 먹고 싱크대에 그릇을 잘 가져다 두었다며 칭찬을 건넸다.

이렇게 서로를 인정하고 칭찬해 주는 시간을 통해 우리 가족은 함께 웃는다. 가끔 아이들에게 입을 내밀며 묻는다.

"왜 엄마 칭찬은 아무도 안 해줘?"

칭찬은 남이 하도록 해야 하는데, 칭찬을 여전히 갈구한다. 남에게 칭찬받지 못하면 어떤가? 우리 딸처럼 스스로 칭찬하면 되는데 말이다. 딸이 엄마보다 낫다.

매슬로의 욕구 이론에는 생리적 욕구, 안전 욕구, 소속감과 애정 욕구를 넘어 인정, 존경의 욕구가 있다. 인정, 존경의 욕구는 자존감을 높이고 타인으로부터 인정받고자 하는 욕구를 말한다. 우리는 타인에게 인정받으려고 애쓰며 살아간다. 하지만 안타깝게도 타인의 인정은 내가 결정할 수 있는 일이 아니다. 내가 100을 원한다고 해도 50밖에 돌아오지 않을 때도 있다. 때로는 20만큼, 아니면 0만큼 돌아올 때도

　　　　　　　　　　　　　나를 먼저 안아주기로 했어

있다. 그럴 때마다 속상해하고 상심하며 보낼 텐가? 타인의 인정을 받으려 애쓰기 전에 나 스스로 먼저 존중해야 한다. 자기 자신을 먼저 인정하지 못하면 마음이 불안해진다. 자기 자신을 충분히 사랑하며 다정하게 대한다면 다른 사람의 인정에 목말라하는 부분의 갈증이 조금은 해소되리라 믿는다.

타인으로부터 인정과 칭찬을 받고자 하는 마음은 어찌 보면 인간의 자연스러운 욕구이다. 그러나 그 욕구에 집착하면 무엇 하나 좋을 게 없다. 타인의 인정은 잠시 기분을 좋게 만들 수 있지만, 오래가지 않는다. 진정한 힘은 자기 자신을 인정하는 데서 나온다. 오늘 하루를 살아낸 나를 칭찬하고 격려하는 순간, 내 삶은 더 단단해지고 따뜻해진다.

오늘도 감사 일기를 쓴다. 오늘의 일상에 감사하며, 그 일상을 잘 살아온 나에게 격려 메시지를 보낸다. 오늘 하루를 살아낸 나를 스스로 인정하는 순간, 삶은 더 이상 타인의 시선에 흔들리지 않는다. 이미 충분히 빛나고 있다는 걸 알게 됐으니까.

(4)

아프고 난 후에야
비로소 마음이 보였다

아플 때조차 통증을 느끼지 못하는 사람이 있다. 옆에서 '너 아픈 거 아냐? 몸 괜찮아?'라고 묻는다. 그때도 그는 늘 '괜찮아, 아무렇지도 않아'라며 웃어넘긴다. 주변을 둘러보면 이런 사람을 손쉽게 찾아볼 수 있다. 당신은 어떤가? 나도 그런 사람이었다. 일에만 몰두한 채 몸의 신호를 느끼지 못하고, 힘든 줄도 모른 채 앞만 보고 달려갔다. 때로는 즐거움이라 착각했고, 때로는 의무감이라 여기며 버텨냈다.

대리 시절, 사무실에 손님이 오셨다. 차를 대접하려고 찻잔에 차를 담았다. 가져가려고 찻잔을 잡았다. 손님에게 걸어가는데 손이 바들바들 떨렸다. 찻잔과 받침이 부딪쳐 덜그럭덜그럭 소리를 냈다. 찻잔 속 차가 일렁거리며 찻잔 밖으로 흘러나올 뻔했다. 옆에 있던 선임이 나를 이상하다는 듯이 쳐다본다. 손님이 가고 나자, 나에게 다가왔다. 손을 왜 그렇게 떠냐며, 긴장한 정도로 그 정도 떨지는 않을 거라며 병원을 꼭 가보라 했다. 다른 사람이 보기에도 이상해 보였나 보다. 평소, 긴장해서 손이 좀 떨리나보다 하며 넘어가곤 했다.

한의원에 찾아갔다. 진맥을 받아보았다. 한의사는 최근에 실연당한 일이 있냐고 물었다. 직장 생활에 치여 연애도 못하고 일에만 파묻혀 살고 있는데 이건 또 무슨 소리인가. '헤어질 사람이라도 있고 싶네요'라고 생각하니 헛웃음이 나왔다. 진맥 상 맥박이 이상하게 뛴다고 했다. 스트레스받지 말고 마음 편히 가지라고 했다.

내과 병원에 갔다. 의사에게 손 떨림이 심해서 왔다고 말했다. 의사는 바로 피검사를 하자고 했다. 피검사 결과는 '갑상선 기능 항진증'이었다. 의사는 수치를 보고 놀라며 말한다. 이런 몸 상태를 가지고 어떻게 버텼냐고 묻는다. 손 떨림의 증상도 그 질병의 증상 중 하나였다. 그 외에도 '심박수 및 혈압 증가, 이상 심장 박동(부정맥)으로 인한 두근거림, 과도한 발한 및 지나치게 더운 느낌, 신경질 및 불안, 피로 및 쇠약에도 불구하고 활동 수준 증가' 등이 갑상선 기능 항진증의 증상이었다. 한참 전부터 이런 증상들이 있었다. 계속되는 야근으로 피곤해서 그런가 보다 하며 살아온 것이다. 아침에 일어나기 힘들고, 식은땀이 자주 났다. 몸이 땅으로 꺼지는 느낌도 들었다.

갑상선 기능 항진증은 자가면역질환으로 면역 체계가 무너진 상태라고 볼 수 있다. 의사는 수치가 높아 약을 최대치로 써야 한다고 했다. 이런 몸 상태로는 무리하거나 야근하면 안 된다고 주의를 받았다. 그제야 내 몸이 보내오던 신호가 들리기 시작했다.

몇 개월 전부터 아래쪽 어금니 부분이 저릿저릿한 느낌이 들었다. 찬물을 마시니 찌릿 아프다. 아이스 아메리카노를 먹다가 얼음이 어금니에 닿았다. 으악, 찌릿! 신경을 곤두서게 만드는 치통이 시작되었다. 이 정도 아프면 병원에 갈 만도 한데 바쁘다고 핑계를 둘러댔다.

학대 피해 아동 열두 가정을 초대하여 가족 캠프를 떠났다. 코로나, 예산 등의 이유로 5년 만에 가게 된 가족 캠프 프로그램이었다. 참여자인 한 아이가 그 프로그램 도중 뛰쳐나가더니 휴대전화 게임을 하게 해달라고 조르기 시작했다. 아이에게 처음에 안내한 집단 프로그램의 규칙을 다시 한번 이야기하며 휴대폰을 할 수 없다고 안내했다. 아이는 교육장에 있는 유리문을 발로 차기 시작했다. 이러다가는 유리문이 깨지거나, 그 아이가 발을 다치게 되는 위기의 상황이 올 수 있었다. 결국 아이를 붙잡았는데, 아이는 몸부림치다 머리로 내 턱을 들이받았다. 얼마나 아프던지 턱을 부여잡았다. 10분 정도 지났을까. 입 주변에 멍이 올라오기 시작했다.

아이의 머리가 얼마나 단단하고 강한지. 그 충격이 약한 치아의 신경을 제대로 건드렸나 보다. 욱신욱신, 찌릿찌릿 온 신경이 곤두섰다. 진통제를 몇 알 먹었지만 가라앉지 않았다. 아픈 이를 부여잡고 밤새 끙끙 앓았다. 도저히 잠을 잘 수 없었다. 다음 날 바로 치과를 찾았다. 의사는 상태를 보더니 바로 응급처치가 필요하다고 했다. 신경이 손상된 상태라서 아픈 거라며 신경 치료를 해주었다. 그제야 통증이 멈췄다.

가벼운 치통이 생겼을 때 진료를 받았다면 이런 고통까지는 겪지 않았을 텐데. 후회해도 소용없다. 결국, 더 큰 통증을 유발하고 나서야 치료를 받게 됐다. 고통 후에 금니라는 영광을 얻었다.

언제부턴가 가슴 한쪽이 무겁게 내려앉았다. 묵직한 돌덩어리가 차지하고 들어앉은 듯, 가슴이 답답하고 숨이 가빴다. 그 돌덩이 무게 때문인지 몸무게도 자꾸만 늘어갔다. 몸무게는 고공행진을 하며 인생 최고치 몸무게를 얻었다.

이 돌덩이를 빼내고 싶었다. 심호흡이 도움되려나 하는 마음에 심호흡을 계속 반복했다. 하지만 꿈쩍하지 않았다. 가슴을 두드려 보고, 눌러보아도 그 돌덩이는 빠져나갈 기미를 보이지 않았다. 빠른 걸음으로 공원을 몇 바퀴 돌고 나면 돌덩이가 조금 작아지는 듯했지만, 이내 다시 커져 버렸다. 그 돌덩이는 무엇이었을까. 내 마음을 오래도록 짓눌러 온 무언가의 무게 아니었을까.

그동안 아무 문제 없고, 잘살고 있는, 꽤 행복한 사람이라고 여기며 살아왔다. 하지만, 쓱 넘겨버린 문제들이 이곳저곳에서 곪아 있고 아픈 상태였다. 다만 인식하지 못하는 상태였을 뿐이었다. 2018년 가족 상담 공부를 시작했다. 상담 수업에서는 상담자가 되려면 자기 인식이 매우 중요하다고 강조했다. 자기 문제도 인식 못 하는 사람이 누구를 도와줄 수 있겠는가? 내 문제도 인식 못 하고, 상황도 제대로 알지 못하는 어리석은 모습이었다.

교수는 '내 마음이 보내는 소리에 귀 기울이라'고 이야기했다. 마음? 마음이 무슨 소리를 하는데? 그때까지 마음이 무슨 소리를 하는지 들어보지 못했다. 들을 생각조차 하지 못했다. 마음의 소리에 귀 기울여 보기로 했다. 조용한 곳에 가만히 앉아서 '마음아! 이야기해 봐' 하며 귀를 기울였다. 아무 얘기도 들리지도 않고, 느껴지지도 않았다. 점차 마음에 귀를 기울일수록 마음이 하는 이야기가 들리기 시작했다. 마음에 물으니, 마음이 답을 한다.

몸과 마음은 연결되어 있다. 마음이 아프면 몸이 아프다. 몸이 아프면 마음도 같이 아프게 마련이다. 둘은 떼려야 뗄 수 없는 친구다. 마음이 아픈데 주인이 도통 알아듣지 못하면 몸이 대신 말해준다. 몸의 주인이 도통 알아듣지 못하니, 통증을 동반한다. '이제 그만! 쉬어야 한다고! 잘 돌보아야 한다'라고 통증은 격렬하게 외친다. 지금까지는 통증은 나를 괴롭히는 녀석이라고 생각했다. 통증은 없애야 하고 나에게는 절대 오지 않아야 한다고만 생각했다.

통증은 나를 괴롭히려고 오는 게 아니다. 나를 살리기 위해 찾아오는 친구다. 통증이 찾아오면 아프다는 걸 알게 된다. 병원도 찾아가고 치료도 받게 된다. 그 덕분에 살게 되는 것이다. 몸이 아프고 나서야 비로소 알게 된다. 무작정 달려가기보다, 멈춰 서는 지혜도 필요하다는 것을.

나이가 들수록 몸은 약해지고 병에 취약해진다. 될 수 있는 한 피하고 싶은 통증이라는 친구. 통증 없이 살고 싶지만, 피해 가긴 어렵다. 마음과 몸이 하는 소리에 귀 기울여야 한다. 소리에 귀 기울이다 보면 비로소 들린다. 통증은 단순한 아픔의 신호가 아니다. 나를 살리는 목소리다. 나를 살리는 목소리를 귀 기울여 들어본다. 오늘은 어떤 목소리가 들릴까?

$$5$$

비합리적인 것을
인정하기까지

어린 시절, 위인전을 좋아했다. 책 속의 인물처럼 근사한 어른이 될 거라 믿었다. 그러나 세월은 빠르게 흘러갔고 위인이라는 말의 의미조차 점점 흐릿해졌다. 나는 평범한 일상에서 아이를 키우며 배만 볼록 나온 아줌마가 되어 있었다. 어쩌면 위가 큰 사람이 위인일지도 모르겠다.

10년 전, 첫째 아이가 세 살 무렵이었다. 30대 중반의 나는 지금보다 훨씬 젊고, 얼굴에는 주름도, 기미도 없었다. 아이를 데리고 놀이터에 나갔을 때 일이다. 아들은 미끄럼틀 계단을 오르내리며 신나게 놀고 있었다. 아장아장 걷기 시작하더니 이제는 혼자 뛰고 달린다. 언제 저렇게 커서 혼자서도 계단을 오르내릴까. 그 모습을 바라보며 흐뭇하게 웃었다.

그때 어떤 꼬마가 다가와 '아줌마, 이것 좀 까주세요'라고

말하며 사탕을 내민다. '응? 아줌마? 누구를 부르는 거지?'하
고 주위를 둘러보았다. 옆에는 아무도 없었다. '어? 나?' 당혹
스러웠지만 말없이 사탕 껍질을 까줬다. 녀석을 깔 수는 없
었다.

40대 중반의 아줌마가 되었다. 마냥 20대 꽃다운 청춘인
줄 알았다. 어느새 불혹이라니. 흔들리지 않기는커녕, 휴대
전화 대리점 앞 호객 풍선처럼 휘날릴 때가 많다. 어떻게 살
아야 하나 여전히 고민한다.

사무실 업무 이야기다. 보건복지부 시범사업으로 약 1억2
천만 원을 받았다. 첫해 사업을 수행하면서 가이드를 준수하
기 위해 신경을 많이 썼다. 직원들에게도 예산 사용 시 오류
없도록 주의하자고 여러 차례 당부했다. 12월 10일, 연도 말
예산 집행 마감까지 30만 원 정도 남겨두고 있었다. 예산 전
액 소진을 앞두고 사업 집행 내용 검토하던 중 오류 사항을
발견하였다. 그 오류 사항은 하필 내가 쓴 품의의 집행 금액
이었다. 잘못 지출한 금액은 960원이었다.

예산과 다르게 사용한 960원을 발견하고 머리를 쥐어박았
다. '너는 팀장이 되어서 이런 실수를 하면 어쩌자는 거니?,
직원들 보기 창피해서 어떻게 할 거야?'라는 생각부터 '감사
때 문제가 되려나? 경위서 써야 하나?' 등 생각이 꼬리를 물

　　　　　　　　　　　　　　　　나를 먼저 안아주기로 했어

었다.

직원들에게 오류 없도록 몇 번을 확인하자 했는데 결국 내가 실수했다는 생각에 마음이 무거웠다. 퇴근 후 집에 도착한 이후 이 일을 어떻게 처리해야 하지 하는 생각에 마음이 편하지 않고 자꾸만 걱정되었다. 얼마 되지도 않는 돈이 나를 괴롭혔다. 차라리 내 돈을 집어넣어 뚝딱 해결해 버리고 싶었다. 하지만 예산 시스템에서는 그런 방법이 통하지 않는다.

다음 날, 어떻게 해야 할지 10년 차 베테랑 회계 담당 직원에게 도움을 구했다. 직원은 검토해 보더니 해결 방법을 찾는다. 도움을 요청하니 방법을 찾아 손쉽게 상황이 해결됐다. 도움을 구하는 것을 주저하지 않아야 한다는 걸 배웠다. 문제가 해결되고 나니 왜 그렇게 마음 졸이며 애를 태웠나 싶었다. 간단하게 해결할 수 있는 일인데 말이다.

12월, 찬 바람이 불기 시작하면 마음에 구멍이 뚫린 듯 허무감이 더 커져만 간다. 바람에 따라 마음이 이리저리 갈피를 못 잡는다. 열심히 살아가는데도 지금 와서 보니 뭐 이렇다 할 것도 없고 특별히 이룬 것도 없다는 생각에 자괴감만 든다.

남편에게 물었다.

"나 직장 그만둘까?"

남편은 '아, 또 이 시기가 됐구먼!' 하면서 내 말을 시큰둥

하게 여긴다. 이런 질문을 던지는 내 마음이 무엇일까. 한 해 동안 열심히 달려온 걸 알아달라는 말이기도 하다. 그만큼 지쳤다는 표현이기도 했다. 직장 생활에서 '좀 더 잘해야 해' 라고 생각하면서 스스로 채찍질한다. 때로는 잘해야 한다는 사실에 지치기도 한다. 그러니, 직장을 벗어나면 스스로 괴롭히고 압박하는 일은 사라지지 않을까, 자유로운 삶과 좀 더 나다운 삶을 살 수 있지 않을까. 막연한 기대 속에 던지는 질문이기도 하다. 하지만, 퇴사한다고 해도 달라지지 않을 것이다. 자기 자신을 채찍질하고 압박하는 태도가 변하지 않는 한, 장소만 바뀐다고 나의 태도는 똑같을 게 분명하다.

'절대 틀려서는 안 돼. 절대 실수해서는 안 돼' 하며 살았다. 하지만, 내가 만든 문서에도 실수와 오타가 발견된다. 쥐구멍에라도 들어가고 싶어진다. 오류를 허용하지 않으려고 힘을 꽉 쥘수록 오류를 더 많이 범하게 된다. 참 아이러니하다.

실수하지 않으려는 마음. 혼자서 다 해내려는 마음이 가득했다. 그렇게 하면 인정받을 수 있을 거라 믿었다. 하지만 사람은 실수할 수밖에 없다. 혼자서 모든 걸 해낼 수 없는 존재다. 하지만 스스로 그럴 수 있는 존재라고 여겼다. 비합리적인 신념이 가득한 사람이었다. 실수할 수 있는 부족한 사람이라는 사실을 받아들이는 순간, 비로소 나를 옭아매던 신념을 벗어버릴 수 있었다.

 나를 먼저 안아주기로 했어

지난 시절, 무언가 되어야 의미 있는 존재가 될 수 있다고
여겼다. 소속, 직위, 직책 등 눈에 잘 띄는 방법으로 나의 존
재를 증명하려고 했다. 무언가가 되지 않아도 괜찮다. 알랭
드 보통은 '아무리 잊히고 무시당하는 존재도, 아무리 강하고
존경받는 존재도, 결국은 먼지가 될 것이다'라고 말한다. 이
말은 자칫 허무하게도 들릴 수 있다. 어차피 먼지가 될 텐데
뭐 그리 열심히 사는 건지 싶다. 하지만 한편으로 위안과 위
로도 안겨준다. 결국 먼지가 될 존재라면, 안달하며 살 필요
는 없으니 말이다.

이젠 조금 여유롭게 살아보려 한다. 숨 고르기 하며 반짝
이는 순간을 내 손에 꼭 쥔다. 그 순간을 다이어리에 글자로
기록한다. 오늘도 일기를 쓰며 내 삶의 반짝이는 순간을 담
아낸다. 그 순간들이 모여 나를 살린다.

(6)

나에게 해 주는 이야기에
마음을 열다

"자기 능력을 인정하는 게 무엇 때문에 두려운가요?"

상담 수업을 들으며, 교수에게 받은 질문이다. 겉으로는 씩씩하고 태연한 척하지만 정작 마음속에는 불안과 두려움이 가득했다. 그런 나를 꿰뚫어 보고 있는 듯했다. 교수는 내가 엄청난 능력을 갖추고 있지만, 정작 자기 자신은 그걸 보지 못하고 있다는 말을 덧붙여 주었다. 무슨 능력이 있다고 나에게 이런 말을 하는 걸까. 듣기 좋은 말을 해 주려는 거 아닐까.

상담 수업에서는 상담 이론과 상담 사례를 다룬다. 상담 실습을 하기 위해서 상담자 역할을 하기도 하고, 내담자가 되어 보기도 했다. 이제 막 상담자로서 걸음마를 떼는 단계라 설렘과 함께 긴장 상태이기도 했다. 함께 수업 듣는 수강

      나를 먼저 안아주기로 했어

생들은 상담 수업 시간에 가정 폭력, 이혼, 학대 등 자신의 아픔을 용기 있게 꺼내 놓는다. 이런 이야기를 많은 사람 앞에서 말할 수 있다니 사뭇 놀랐다.

사람들에게 괜찮은 모습으로만 포장하려 하던 나와는 다른 모습이었다. 자신의 아픔을 말할 수 있는 용기가 부러웠다. 말을 할 수 있다는 건 그 말을 꺼낼 힘이 내면에 있다는 의미이기도 했다. 그 문제에서 조금은 자유로워졌다는 신호이기도 하다. 남이 보기에 별거 아닌 상처인데도 내 이야기를 꺼낼 용기가 없었다. 말하려고 하면 차마 입이 떨어지지 않았다. 한 학기가 끝나갈 무렵, 나도 내 이야기를 조금씩 할 수 있는 용기가 조금씩 생겨났다.

한 학기 수업이 끝나갈 즈음, 수강생들은 이대로 헤어지는 게 아쉽다고 입을 모아 말했다. 한 학기 마친 기념으로 다 함께 여행을 가자고 했다. 교수와 수강생들은 한마음이 되어 함께 제주도로 떠났다. 단순히 예쁜 곳, 좋은 곳을 보는 여행을 넘어서 치유의 공간과 시간으로 채워졌다.

바다 산책과 올레길 걷기를 마치고 숙소에서 짐을 풀었다. 씻고 편안한 옷으로 갈아입고 거실에 모였다. 자정이 다 되는 깊은 밤, 식탁에 둘러앉았다. 거실 테이블에는 동물 피겨들이 한가득 펼쳐져 있다. 족히 100개는 넘는 동물 피겨들이었다. 자신을 표현하거나 상징하는 동물 네 개를 뽑아 보라고 했다. 수많은 동물 피겨를 물끄러미 바라보았다. 여러 동물 중에 나를 무엇으로 표현할까? 동물 네 개 고르기가 무척 어려웠다. 결국 다른 수강생보다 가장 마지막에 동물을 골라서 자리로 돌아왔다. 모두 자기가 골라온 동물을 식탁 위에 올려놓았다.

골라온 동물은 다양했다. 강아지, 소, 악어, 원숭이, 다람쥐, 달팽이, 새장에 갇힌 새, 고슴도치 등. 한 명씩 돌아가면서 자신을 나타내는 동물 네 개를 소개했다. 그 동물과 연결되는 특성과 자신의 사연을 소개했다.

드디어 내 차례가 되었다. 내가 뽑은 동물 4개 중 하나인 '카멜레온'을 들고 소개했다. 나무에 있으면 짙은 갈색, 초록 잎사귀에 있으면 초록색으로 바꾸는 카멜레온을 닮은 나. 상황에 따라 몸 색깔을 바꾸는 카멜레온처럼 내 생각과 감정은 숨기고 그 상황과 사람에게 맞추는 모습으로 살아왔다. 상대방의 이야기에 부응하려고, 조직과 공동체의 요구에 부응하려고 부단히 애써왔다. 그러니 본래 내 색깔이 무엇인지도 알지 못했다. 너무 잘 나지도, 너무 못나지도 않게 어중간한 수준을 유지하면서 사람들 사이에 섞여 있기를 바랐다.

나를 상징하는 또 다른 동물로, 사자를 꼽았다. 마지막까지 고르다가 가져온 동물이었다. 사자를 고르면 사람들이 나를 비웃지 않을까. 내가 뭐라고 동물의 왕을 뽑지 할까 봐 주

   나를 먼저 안아주기로 했어

저하는 마음이 들었다. 하지만 사자에서 눈길이 떨어지지 않았다. 카멜레온과 달라도 너무 다른 사자. 왜 사자를 골라온 걸까. 교수는 그 사자를 바라보라고 했다. 나에게 어떤 마음이 드냐고 했다. 내 눈에 보이는 사자는 힘이 없고 슬픈 표정이라고 말했다.

어린 시절, 당당하고 목소리가 크던 아이였다. 반장을 하고 친구들을 이끌었다. 커가면서 어린 시절 모습은 점차 희미해져 갔다. 사자 같던 용기와 용맹스러움은 어디로 사라졌을까. 나다움이 무엇인지도 생각하지 못한 채 사회에서 바라는 기준을 따라가려고 애쓰고 있었다. 상황에 맞춰 색을 바꾸며, 나의 진짜 색을 잊은 채. 그런데 내 안에 사자가 있었다. 힘 있고 당당한 내 모습. 그 사자가 힘을 잃었을 뿐이었다.

밤이 깊어갈수록 나 자신이 누구인가 그 열망이 꿈틀대기 시작했다. 어떤 능력이 있는 사람인가? 무엇을 두려워하느냐는 질문이 한 학기 넘게 나를 따라다녔다. 수업 시간, 교수는 나에게 별 뜻 없이 던진 질문일 수 있다. 하지만 나는 그 질문을 놓지 않고 붙잡았다. 그 질문 덕분에 내 마음을 살펴보는 여정을 시작하게 되었다. 다른 사람을 도우려는 마음으로 시작한 상담 공부지만 결국 나의 마음을 돕는 계기가 되었다. 나조차 모르는 내 마음을 조금씩 이해하게 되었다.

마음은 어떻게 볼 수 있을까? 마음을 이해하려면 먼저 그 마음을 들여다보아야 한다. 마음이 훤히 보인다면 얼마나 좋겠는가. 아쉽게도 그렇지 않다. 안개가 뿌옇게 가득 찬 것처럼 마음은 쉽사리 그 속살을 드러내지 않는다. 마음은 숨는다. 하지만 다정한 말에 조금씩 모습을 드러낸다. 다정한 말에 조금씩 드러나는 마음, 그 순간이야말로 내가 나와 마주하는 가장 고요한 시간이다.

$$\left(\ 7\ \right)$$

책에서 나를 발견하다

입사 첫해, 나에게 주어진 연차는 12개였다. 올해는 22개다. 그만큼 오랫동안 직장에서 시간을 쌓아왔다는 뜻일 것이다. 올해로 직장 생활 19년 차. 그동안 연차를 어떻게 써왔을까 곰곰이 돌아본다. 대부분 사람을 만나기 위해 사용했다. 사람을 좋아하는 성향 덕분에 여러 모임에 속해 있다. 매달 회비를 내는 모임만 해도 여섯 개다. 아이 병원 진료나 가족과의 시간을 위해 쓰기도 하지만 결국 혼자보다는 늘 누군가와 함께하기 위해 연차를 사용해 왔다.

무언가 변화가 필요하다는 생각이 절실하던 차였다. 만날하던 대로 익숙한 삶이 아니라, 새로운 시도를 해 보고 싶었다. 2024년 11월, 5일간의 휴가를 냈다. 오롯이 나를 위한 휴가였다. 남편과 아이도, 친구도 없이 홀로 어디론가 떠난다는 건 처음 해 보는 일이었다. 혼자 조용히 지낼 수 있는 곳을 찾았다. 숙소에서 첫날, 나 혼자 있는 시간과 공간이 다소 어색했다. 그동안의 휴가 모습과는 시작부터 달랐다.

그래도 새하얗고 포근한 이불에 들어가니 눈이 스르르 잠겼다. 눈 떠 보니 아침이다. 혼자 보낸 첫째 날 밤이 지나갔다. 햇살이 비추고 새소리가 들린다. 방안에서 갑자기 파르르 날갯짓 소리가 들린다. 나방 한 마리가 숙소 테이블 위로 날아들었다. 어느 틈에 들어왔을까. 나 외롭지 말라고 밤새 함께 있어 준 걸까. 그래도 나방은 무섭다. 종이 위에 살짝 얹어 베란다 문을 열어 조심스레 밖으로 내보내 주었다.

의자에 앉아 성경을 읽었다. 성경 묵상을 마치고 집에서 하는 운동과 스쾃을 그곳에서도 했다. 캐리어에 읽고 싶은 책 열세 권을 챙겨왔다. 욕심도 많지. 이걸 다 어떻게 읽겠다고. 그중 한 권을 펼쳐 들었다. 아무도 없는 조용한 공간에서 책을 읽고 있으니 자꾸만 웃음이 실실 나왔다. 아무도 방해하지 않는 시간. 내 마음대로 쓰는 시간. 하고 싶은 걸 하는 시간. 이런 게 진짜 휴가구나. 흘러가는 시간을 붙잡고 싶을 정도로 4박 5일의 시간은 빠르게 지나갔다. 조용한 공간, 읽고 싶은 책, 그리고 나. 그 시간은 깊은 우물에서 지혜를 길어 올리는 시간이었다. 그 지혜는 나의 나무를 자라게 했다.

평소, 고요히 책 읽는 시간을 간절히 바랐다. 평소 바쁘다

　　　　　　　　　　　나를 먼저 안아주기로 했어

는 핑계로 책 읽기는 우선순위에서 밀리곤 했다. 원 없이 책을 읽고 싶었다. 책을 읽기 위해 휴가를 내야 하는 걸까. 책을 읽겠다고 휴가를 매일 낼 수 없는 노릇이다. 일상 속 책 읽는 시스템을 마련해야 했다. 출퇴근 틈새 시간을 활용해서 책을 읽고 있다.

그동안 새해가 되면 1년에 100권을 읽겠다고 목표를 세우곤 했었다. 마음과 의지는 저 하늘 높이 가 있지만 두 다리는 현실에 묶여있다. 목표를 높이 세워 놓고 달성하지 못한다고 스스로 들들 볶는다. 목표를 50권 책 읽기로 줄였다. 일주일에 한 권씩 읽어야 가능한 일이었다. 이번 해에는 책 읽는 권수 목표를 더 이상 세우지 않았다. 책을 몇 권 읽느냐보다 매일 꾸준히 읽느냐가 중요하다는 것을 알게 되었기 때문이다.

책을 읽으며 작가와 닮은 모습, 다른 모습, 같은 생각, 다른 생각을 비추어 보게 된다. 덕분에 생각, 마음, 행동에 스포트라이트가 켜진다. 나는 어떤 존재인가, 무엇을 좋아하는가, 무엇이 부족한가 하고 생각해 볼 수 있는 자아 성찰의 장이 펼쳐진다. 『나를 소모하지 않는 현명한 태도에 관하여』에서 마티아스 뉠케는 말하길, 사람들은 뭔가에 대해서 모른다는 게 들통나면 상처받고 나약해질 거라 생각한다고 말한다. 나의 상태를 딱 들킨 기분이었다. 모른다는 게 들통나면 무시당할까 봐, 능력 없는 사람으로 보일까 염려했다.

마티아스 뇔케는 우리에게 비밀을 알려준다. 그는 리더가 지녀야 할 자질 중 하나로 '모를 수 있는 것'을 꼽는다. 이 글을 읽는 순간, 내 머릿속에 전구가 켜졌다. 리더는 모든 것을 알아야 한다고 믿어왔다. 그런데 오히려 모를 수 있다는 것이 오히려 리더의 자질이라니, 새로운 관점이 열렸다.

살아가는 여정 속에서 우리는 끊임없이 모르는 것과 마주한다. 계획은 어긋나고 예기치 못한 상황은 늘 찾아온다. 결국, 인생은 알 수 없는 길이다. 그렇게 다 알지 않아도 괜찮다. 알 수 없는 게 당연하다. 오히려 모르기에 배우려고 하고 새로운 것을 시도하기도 하니까.

그동안 책을 좋아하고 많이 읽었지만 읽고 나서도 하나도 남지 않는 느낌이었다. 이걸 어떻게 해결할 수 있는 좋은 방법은 없을까 고민하였다. 내가 찾은 방법은 이것이다.

첫째, 독서 모임에 참여한다. 현재 나는 세 개의 독서 모임에 참여 중이다. 독서 모임을 하니, 책을 읽게 된다. 책을 읽다가 문장에 시선이 머문다. 그 문장을 음미하다 보면 나를 발견하게 된다. 독서 모임에서 책을 나누니 책 내용을 다시 한번 들여다보게 된다.

내가 미처 발견하지 못한 내용들을 다른 참가자들이 나누어주기도 한다. 혼자 받은 감동과 깨달음에 다른 참가자들의 감동과 깨달음이 더해져 더 큰 공명이 일어난다. 그 공명이 삶으로 이어진다. 활자로 읽기만 한 것은 나의 것이 아니다. 삶으로 살아갈 때 비로소 나의 것이라고 말할 수 있다.

둘째, 읽은 책 내용을 블로그 서평으로 작성한다면 책을 읽고 씹고 맛보고 저장소에 보관까지 하는 셈이다. 감명 깊은 문장을 수집하고 사색을 기록한다. 덕분에 필요할 때 검색해서 찾아볼 수도 있고 강의나 책 쓰기에도 활용할 수 있다. 책 한 권 읽었을 뿐인데 책 읽기를 통해 삶이 이토록 풍성해질 수 있다니! 기록하지 않을 이유가 무엇인가. 책 읽고 문장 수집하며 기록할 때 독서의 힘은 커진다.

셋째, 책 읽고 글쓰기를 하는 것이다. 혼자 하기 어렵다면 글쓰기 모임에 들어가면 된다. 읽은 책 내용 중 마음에 남는 문장을 하나 발췌한다. 그 문장과 연관된 나의 삶과 생각을 연결해서 글쓰기를 한다. 이렇게 되면 혼자서는 느슨해지고 미루게 되는 책 읽기를 꾸준히 할 수 있게 된다. 단순히 책만 읽고 끝내지 말고, 읽은 것을 소화하여 언어와 글로 표현하면 책은 더 생생하게 살아나 내 삶에 말을 건다.

작가가 살아온 인생철학과 비법을 단돈 이만 원도 안 되는 돈으로 배울 수 있는 절호의 기회다. 실제로 저자 강연회나 교육을 들으려면 적게는 몇만 원, 수십만 원, 유명세에 따라 수백만 원의 강의료를 내야 한다. 책을 사는 것을 아까워할 이유가 없다. 책을 읽는다는 건 단지 정보를 얻는 일이 아니다. 책을 통해 저자의 삶과 만나는 시간이 되기 때문이다. 문장을 통해 저자의 마음과 나의 마음이 연결된다. 그 과정에서 나를 더 깊이 이해하게 된다.

매일 별도의 시간을 내서 책을 읽어도 좋다. 틈새 시간을 활용해도 좋다. 아침에 펼쳐도, 잠들기 전 한 장을 넘겨도 괜찮다. 책을 읽는 사람과 읽지 않는 사람은 분명 다른 삶을 살게 될 테다.

여전히 모르는 게 많다. 모른다는 건 약함이 아니라 가능성이다. 책을 통해 나는 나를 알아간다. 세상을 이해한다. 오늘도 책을 펼쳐 지혜의 샘에서 물을 마신다. 그 물은 나의 갈증을 해소해 준다.

(8)

가장 소중한 게 무엇일까?

그녀는 매일 새벽 5시 30분에 눈을 뜬다. 성경 묵상, 스쾃 100개와 15분짜리 집에서 하는 운동, 영어 회화 2문장 암기, 아침마다 반복하는 루틴이다. 집 현관문을 나서며 버스 오는 시간을 맞추기 위해 빠른 걸음으로 걷는다. 아침 출근길도 허투루 사용하지 않는다. 지하철 안에서 전자책을 켠다. 오디오북으로 책을 듣기도 한다. 내려야 할 지하철역보다 한 정류장 먼저 내린다. 30분 정도 걸리는 길을 걸어서 사무실에 출근한다.

사무실에 도착해서는 이제는 그날 해야 할 업무 리스트를 적는다. 전자결재 검토를 시작으로 하루 업무를 시작한다. 그녀는 팀장이다. 챙겨야 할 팀원들의 업무를 점검하고 챙겨 주는 일이 주된 업무다. 직원들이 계속 '팀장님, 팀장님' 하며 찾는다. 누가 보면 인기가 많은 줄 알겠다. 직원들과 함께 가정 방문에 동행한다. 외근 나가랴, 상담하랴, 틈틈이 회의하랴, 그 사이사이 행정 업무들도 챙겨야 한다. 휴대전화 열어볼 시간도 없다. 바쁜 사무실 업무를 하다 보면 어느새 퇴근 시간이다. '집에 가야 하는데…'라면서도 엉덩이를 의자에서 떼지 못하고 계속 업무를 하고 있다. 한 시간이 훌쩍 지나가 버린다.

부랴부랴 업무를 정리하고 집으로 퇴근한다. 그녀는 집에 돌아오자마자 손만 씻고, 바로 주방으로 향한다. 간단하게 음식 챙겨서 아이들 저녁을 먹인다. 아이들보다 식사를 먼저 끝내고는 싱크대 앞에 선다. 설거지하기 시작한다. 설거지하는 동안 아이들도 식사 마친 그릇을 개수대에 와서 놓고 간다. 설거지 정리 후, 아일랜드 식탁, 식사한 식탁까지 대략 정리를 마치고 나니 어느새 9시다. 월요일, 수요일이면 글쓰기 공부를 하는 날이다. 컴퓨터 앞에 앉아 글쓰기 강의를 듣는다. 의자에 앉고 나니 갑자기 피로가 확 몰려온다. 졸린 눈을 비비면서도 자리를 지킨다. 바쁜 일상에서도 작가가 되고 싶다는 끈을 꼭 부여잡고 있다.

설 연휴가 시작된다. 주말을 포함하여 대체공휴일 지정까지 되었으니 총 6일의 설 연휴가 생겼다. 아이들이 눈썰매장 가고 싶다고 하여 하루는 눈썰매를 타러 가기로 했다. 5년 만에 만나기로 한 지인들과 약속도 잡아 놓았다. 양가 부모님

 　　　　　　　　　　　　나를 먼저 안아주기로 했어

과 하루씩, 나들이 계획도 세워두었다.

　어, 근데 이상하다. 토요일, 몸이 으슬으슬 추워지기 시작한다. 옷을 껴입어 봐도 여전히 춥다. 누군가 그녀의 몸에 주사기를 꽂고 에너지를 다 빼가는 느낌이 든다. 뼈마디 관절이 아프기 시작한다. 온몸이 욱신욱신한다. 점점 몸이 뜨거워지면서 몸을 꼼짝할 수가 없는 상태가 되었다. 누워는 있는데 주변 소리가 다 들리기도 했다가 아득해지기도 했다가 하면서 혼미한 상태가 된다.

　토요일 밤 7시 30분. 체온계로 열을 재 보니 40.2도. 고열이다. 도저히 안 되겠다 싶어 야간에 열려있는 병원을 찾아갔다. 간호사도 열을 재자마자, "아이고, 미치겠네" 이렇게 말한다. 간호사의 그 한마디 외침이 그녀에겐 힘든 몸 상태를 알아주는 위로로 느껴진다. 검사실에 가서 그녀는 독감 검사를 받는다. 검사 결과가 나올 때까지 15분 기다려야 된다고 한다. 대기실에 앉아 있었다. 진료실로 들어오라는 안내를 받는다. 한 걸음 한 걸음 느릿느릿 힘없이 진료실로 들어선다. 의사는 그녀를 보며, 얼마나 힘드냐며 걱정한다. 나이 지긋한 의사는 검사 결과상 독감은 아니라고 한다. 이렇게 열이 높은 거는 변이된 독감일 가능성이 높아서 우선 계속 지켜보자고 한다. 해열 주사와 근육 주사를 2대 맞았다.

주사 덕분인지 그녀는 그날 밤 푹 잘 수 있었다. 눈을 떠보니 아침 7시 30분, 열이 떨어진 것을 확인한다. '그래! 역시! 회복력이 좋아!'하며 의기양양한 미소를 보인다. 눈뜨자마자 하는 그녀는 루틴을 실행한다. 스쾃 100개와 집에서 하는 운동 15분짜리를 마치고 성경 묵상과 영어 암기까지 했다. 일요일 아침, 교회 갈 준비를 마치고 교회로 향한다.

교회에서 예배를 드리는데, 또다시 몸이 으슬으슬 추워진다. 잠바를 껴입는다. 교인들과 설맞이 떡국 먹기로 한 날이다. 떡국을 끓인다. 오후에 아이들 성경학교 프로그램도 진행한다. 오후 세 시 무렵, 몸이 더 이상 움직여지지 않는다. 도저히 앉아 있을 수조차 없는 상황이 되었다. 할 수 없이 교회 한쪽에 가서 누웠다. 1시간 반 정도 누워있었는데, 열을 재보니 또다시 40도다.

토요일부터 시작된 고열이 6일이 지속됐다. 39도에서 40도를 오르락내리락하며 열이 떨어지지 않았다. 열 오른 후 셋째 날은 손가락 하나 꼼짝할 수 없는 지경에 이르렀다. 계속되는 고열로 온몸에 기운이 다 빠져나갔고 비몽사몽 상태였다. 병원에 가서 매일 수액을 맞는데도 몸이 쉽사리 회복되지 않았다. 평소에는 컨디션 좋지 않아도 하룻밤 자고 나면 거뜬히 건강이 회복되는 그녀였다. 건강을 자부하던 그녀는 고열과 바이러스 앞에서는 어찌할 도리가 없다.

  나를 먼저 안아주기로 했어

매일 병원에 가서 상태를 확인하고 수액을 맞았다. 6일을 꼬박 앓고 나니, 그제야 열이 잡혔다. 의사도 이제야 열이 잡힌 것 같다며 위험한 고비는 잘 지났다고 했다. 며칠 동안 열이 안 떨어졌으니 중환자였다고 하며, 이렇게 잡혀서 다행이라고 이야기한다.

고열을 앓고 나니 설 연휴가 다 지나갔다. 설 연휴 마치고 금요일 출근을 해야 했다. 하필 당번 근무가 예정되어 있던 터라 야간 근무까지 해야 하는 상황이었다. 아직 출근하기에는 몸 상태가 무리였다. 하지만, 연휴 마친 후라 다른 직원에게 갑자기 당번 근무를 바꿔 달라고 하기에도 미안한 상황이었다. 감사하게도 J 팀장이 그녀 대신 당번을 서주겠다고 한다. 덕분에 연차를 내고 몸을 회복할 수 있었다. 휴. 고마운 사람 덕분에 살았다.

그녀는 매일 정해진 일을 해내며 살았다. 직장도, 가정도, 개인의 삶도 어떻게든 잘 해내려 애쓰는 사람이었다. 그러다 탈이 나버렸다. 예기치 못한 고열에 픽 쓰러졌다. 고열이 며칠 동안 떨어지지 않아 혼자였다면 끙끙 앓다가 이러다 죽겠다 싶었다. 설 연휴의 모든 계획이 사라졌다. 아무것도 하지 못했다.

'아무것도 하지 못한 시간'이 오히려 그녀에게 선물이 되었다. 삶의 가치가 선명해졌으니 말이다. 아프고 나서야 비로소 보였다. 혼자 사는 삶이 아니라 함께 사는 삶인 것을. 병원에 데려다주는 남편이 있다는 게 얼마나 다행인지. 나 대신 당번을 서주는 동료가 있으니 얼마나 감사한지.

누군가가 돌봐주고 채워주니, 아픈 몸을 회복할 수 있었다. 혼자 사는 인생이 아니라, 도움받으며 살아간다는 걸 깨닫는다. 가장 중요한 건 건강이다. 건강을 잃으면 아무것도 할 수 없다. 몸을 무리하지 않고 잘 관리하는 것, 소중히 여기는 것이 필요하다. 이 땅에 발을 딛고 살아가는 동안 건강하게 살아가리라 마음먹는다.

   나를 먼저 안아주기로 했어

제4장

나를 돌보는 삶

①

생각을 과거에 두지 마라

열한 살, 피아노를 배운 지 3년 차였다. 원장은 나에게 콩쿠르를 준비하자고 했다. 콩쿠르 곡은 모차르트 소나티네 3장이었다. 연습하고 또 연습했다. 악보를 완전히 외울 때까지 반복해서 연습했다. 피아노 앞에 앉아 있지 않을 때도 허공에 연주곡을 쳐 보았다.

콩쿠르 대회 날이었다. 햇살이 환했다. 흰 블라우스와 검정 원피스를 입었다. 엄마 손을 꼭 잡고 연주 순서를 기다리고 있었다. 드디어 내 차례였다. 무대에 올라가 그랜드 피아노 앞에 앉았다. 깊게 숨을 들이마신 후 연주를 시작했다.

연주를 마치고 수상 발표를 기다렸다. 수상 결과는 대상이었다. 대상이라니? 무대에 올라가서 연주곡을 칠 때보다 발표 이후, 심장이 더 뛰기 시작했다.

다음 날, 엄마에게 전화가 걸려 왔다. 원장은 좋은 소식이 있다며 콩쿠르 대회 입상자에게 미국 연수를 갈 기회가 주어졌다는 말을 전했다. 미국에 가서 피아노 연주회도 하고, 자니윤이 진행하는 프로에 나가서 인터뷰도 하게 된다고 했다. 참가자들의 미국 연수비 중 자부담이 있다고 덧붙였다. 엄마는 고민해 보겠다고 말하고 통화를 끊었다. 미국에 가려면 거액의 돈이 필요한 상황이었다. 갑작스럽게 미국에 가는 비용을 마련한다는 게 큰 부담이 되겠지 싶어 부모님에게 보내 달라고 조르지도 않았다. 만일 그때, 미국에 갔더라면 내 인생은 지금과 달라졌을까.

학부를 마치고 바로 대학원에 진학했다. 사회복지 행정 및 정책 전공으로 정했다. 지도 교수는 독일에서 공부하고 돌아온 지 얼마 되지 않아 독일의 사회복지 전달 체계, 사회 복지 정책을 생생하게 전해주었다. 또한, 지도 학생들에게 독일로 연수를 떠나는 방법, 또는 석박사 지원을 할 수 있는 정보를 주었다. 나와 다른 지도 학생들은 유학에 관심이 있었다. P 언니는 독일어 공부, 학교 조사를 하며 유학 원서 접수를 준비하더니 독일로 떠났다. 그로부터 몇 년 후, 독일어로 쓴 박사 논문을 안고 한국으로 돌아왔다. P 언니는 현재 국책연구원으로 일하고 있다. 돌이켜보니, 유학에 관심만 있었을 뿐,

　　　　　　　　　　　나를 먼저 안아주기로 했어

실제로 준비하거나 실행에 옮기지 않았다. 만일 그때, 독일에 갔더라면 내 인생은 달라졌을까.

20대 나의 심장을 뜨겁게 만든 책이 있었다. 바로 한비야의 『지도 밖으로 행군하라』, 『바람의 딸 우리 땅에 서다』, 『바람의 딸 걸어서 지구 세 바퀴 반』이었다. 그 책들을 읽으며 열정에 불타올랐다. 한비야처럼 세상을 돌아다니며 어렵고 힘든 사람들을 위해 일하는 사람이 되고 싶었다. 그 일을 어떻게 해야 하는지 방법을 찾아보았다. 한 가지 방법이 있었으니, 국제 구호 단체에 입사하는 것이었다.

대학원 졸업 후, 국제 구호 단체에 지원서를 냈다. 졸업 후 두 군데 원서를 넣었는데, 한군데는 불합격, 한 군데는 합격이었다. 입사하고 나니 한 발짝 꿈에 가까워지는 느낌이 들었다. 그런데 막상 발령받고 보니 해외 사업과는 상관없는 국내 부서에서 일하게 됐다. 처음이니까 뭐. 국내 사업뿐 아니라 국제 사업까지 순환보직 시스템을 갖고 있는 단체이니 나에게도 언젠가 기회가 주어질 거라고 믿었다. 입사 자체만으로도 기뻤다.

2010년 12월 말, 입사한 지 만 3년이 되었다. 그룹웨어 게시판에 해외 파견직 공고가 떴다. 그 공고를 보는 순간 심장이 두근거렸다. 아프리카, 아시아 권역 내 있는 국가 중에 어디를 가야 할까? 혼자 들뜬 마음으로 어느 국가에서 일하면 좋을지 상상했다. 떨리는 마음으로 해외 파견직에 지원신청서를 냈다. 품어온 꿈이 실현되는 걸까. 가난하고 어려운 나라에 가서 고통받는 사람을 도울 좋은 기회였다.

몇 개월 후, 인사부장으로부터 연락을 받았다. 해외 파견직의 사업국 신청 결과를 알려주려나. 떨리는 마음으로 전화를 받았다. 인사부장은 해외 파견직에 신청해 주어서 고맙다고 인사를 한다. 뭔가 이상한 전개다 싶었다. 불길한 마음이 들었다. 아니나 다를까. 해외 사업장 파견직이 아니라 국내 부서에서 필요한 곳이 있으니, 그곳에 발령을 가면 좋겠다고 한다. 실망감이 컸다. 그때 기다려도 좋으니, 해외 사업장에 발령 내달라고 말하지 못했을까? 그때, 해외 사업장에 나갔다면 지금 어떤 인생을 살고 있을까.

만일 과거에 다른 결정을 했더라면 지금 내 모습은 어떤 모습일까. '그때 그 기회를 놓치지 말았어야 했는데, 다른 결정을 했다면 내 삶은 달라졌을 텐데'라며 아쉬운 마음을 가지고 있지는 않은가?

비단 큰 결정만이 아니다. 하루에도 몇 번씩 선택의 갈림길에 선다. 출근 준비 꾸물대다가 버스 정류장에 도착하니, 눈앞에서 버스가 출발한다. 3분만 일찍 나올걸. 점심 식사

   나를 먼저 안아주기로 했어

후, 배부르게 허겁지겁 먹고 나서 돌아서면 후회한다. 조금만 먹을걸. 잠들기 전, 낮에 사람들에게 제대로 전하지 못한 말이 생각나 후회하기도 한다. 아, 그때 이렇게 말했어야 했는데.

왜 우리는 선택하지 않은 길에 미련을 가질까? 가지 않은 길에 더 나은 삶이 있으리라 여기기 때문일지도 모른다. 하지만 미국에 갔더라도, 독일에 갔더라도, 해외 사업장에 파견 나갔다고 하더라도 또 가보지 못한 다른 길을 그리워하는 마음이 들었을 테다.

시간이 지나고 나면, 하지 못한 일에 대한 후회로 아쉬워하는 것이 인간의 자연스러운 모습일지 모른다. 돌아보니, 걸어온 길이 나를 만든다. 선택하지 못한 것에 대한 후회보다, 선택한 길에 대한 확신과 만족을 가지는 것이 더 중요하다.

후회보다는 현재에 만족하는 삶을 사는 데 도움이 될 세 가지 방법을 나눈다. 첫째, 과거의 선택을 '실패'로 보기보다 나의 '자산'으로 바라보아야 한다. 후회가 생길 때마다 '경험을 통해 얻은 건 무엇인가?' 질문을 던지고 스스로 답을 기록해 보는 것을 추천한다. 둘째, 자기 비하보다 자기 이해를 선택하자. '왜 그때 그걸 선택했을까'라는 자책보다 '그때 나는 최선을 다했다'라고 말해 보자. 셋째, 현재에 집중하는 습관을 길러야 한다. 생각이 자꾸만 과거로 가려고 할 때, 지금 있는 곳이 '지금, 여기'라는 사실을 기억하자. 그게 잘되지 않을 때는 의도적으로 현재를 인식할 수 있도록 노력해야 한다. 예를 들어, 내 눈앞에 보이는 물건들의 색깔을 인식하는 것이다. 주변에 있는 물건 중에 '빨주노초파남보, 일곱 색깔 무지갯빛'을 찾아보기 바란다. 내가 있는 곳이 이곳이라는 사실을 인식하게 된다면 지금 살아가는 삶을 소중히 여기게 될 수밖에.

빅터 프랭클은 우리가 그동안 했던 모든 일, 우리가 했을지도 모르는 훌륭한 생각들, 우리가 겪었던 고통, 이 모든 건 비록 과거로 흘러갔지만, 결코 잃어버린 것이 아니라고 말한다.

지나온 순간들은 결코 헛된 것이 아니다. 이제는 내가 선택한 길에 감사한다. 선택은 하나하나 작은 조각처럼 보이지만, 그 조각들이 모여 내 삶을 아름답게 채워가고 있다는 걸 알게 된다. 아무리 작은 조각도, 못난 조각도 버릴 건 없다. 조각처럼 흩어진 내 삶의 경험도 서로 맞물리고 어울리게 될 때 한 폭의 스테인드글라스 작품으로 빚어질 수 있으니까. 내 삶은 다른 누군가와 비교할 필요 없는 단 하나의 작품이다.

　　　　　　　　　　　　나를 먼저 안아주기로 했어

(2)

내 마음의 소리를 듣는 방법

세상은 소리로 만들어진다. 눈과 바람, 빗소리, 새소리, 매미 소리. 조용히 귀 기울일 때 자연의 소리는 마음을 감싸 안는다. 소용돌이치던 마음을 토닥인다. 반대로 귀 기울이지 않아도 쉴 새 없이 하루 종일 쏟아지는 소리도 있다. 지하철 승강장에 가면 안내 설명, 옆에 사람들의 이야기하는 소리까지 끊임없이 우리 귓가를 가득 채운다. 탁탁 탁탁 계단 오르는 소리, 끼익 자동차 브레이크 밟는 소리, 자동차 경적까지. 수많은 소리가 우리 귓가에 들린다. 이렇게 많은 소리가 있건만 진짜 필요한 소리는 정작 마음을 다해 듣지 않으면 들리지 않는다.

늦은 퇴근길, 눈이 내린다. 점점 눈발이 커진다. 발걸음을 멈추고 내리는 눈을 한참 바라보았다. 처음 알았다. 눈도 소리를 낸다는 걸. 멈춰 서서 고요히 내리는 눈을 바라보니 소리가 들린다. 싸그락 싸그락.

이번 겨울은 유달리 눈이 많이 왔다. 밤에 눈이 내리기 시작했다. 새벽에 일어나 창밖을 내다보았다. 온 세상이 하얀 솜털로 다 덮여 있었다. 나뭇가지에 소복이 쌓인 눈, 길 위에는 하얀 카펫이 깔려 있다. 아침 출근길, 여전히 눈발이 날리고 있다. 작고 가벼운 눈은 바람을 따라 둥둥 떠다니며 춤을 춘다. 그동안 '소리 없이 내리는 눈'이라는 표현을 들으며 자랐다. 그 말이 익숙해진 탓일까. 눈 내릴 때 아무 소리가 나지 않는다고 으레 여겼다.

지난가을, 아이들과 함께 아파트에 있는 놀이터에 갔다. 아이들은 도착하자마자, 미끄럼틀 위로 뛰어 올라간다. 이 좋은 가을, 단풍놀이도 못 가고 가을이 흘러가는구나 싶었다. 놀이터에 있는 단풍나무가 눈에 들어온다. 그래, 여기에도 이렇게 근사한 단풍나무가 있는데, 뭐 멀리까지 갈 일이 있나. 단풍나무에 가까이 다가간다. 단풍나무에 기댄다. 고개를 들고 단풍나무 잎사귀를 바라본다. 잎사귀들은 화려하게 변신 중이다. 나뭇잎들이 노란빛부터 연둣빛, 빨간빛까지 섞여 있다. 노란빛도 연한 노랑, 샛노란 색, 진한 노랑, 갈색 노랑, 금빛 노랑 등 다양한 빛깔을 뽐내고 있었다. 단풍나무 잎사귀 사이로 햇살이 쏟아져 들어온다. 단풍잎이 햇살을 만

　　　　　　　　　　　　나를 먼저 안아주기로 했어

나니 보석처럼 빛난다. 바람이 분다. 이번에는 바람과 잎사귀가 만난다. 바람결을 따라 나뭇잎이 연주를 시작한다. 차라라락, 스르르륵. 핑그르르.

사무실에서 보내는 하루. 수많은 소리가 귓가에 들린다. 전화벨 소리, 통화하는 소리, 논의하는 소리, 웃음소리, 격앙된 목소리, 다급한 목소리 등 소리가 멈추지 않는다. 정신없이 업무를 처리하다 보면 여덟 시간이 훌쩍 지나간다. 여러 업무 상황 속에서 다양한 감정들을 마주하게 된다. 설렘, 뿌듯함, 감사뿐 아니라 실망, 짜증, 분노도 있다. 평소에는 마음이 하는 소리를 들여다볼 여유조차 없다. 당장 과업별 마감일에 쫓겨 분주하기 때문이다.

팀원들은 하루에도 몇 번씩 내 자리를 찾아와 업무 보고와 논의를 한다. 업무를 하다가 보고를 듣다 보면 제대로 집중하기가 어렵다. 대신 한 달에 한 번, 한 시간씩 팀원들과 개별 면담 시간을 가지려 노력하고 있다. 오롯이 한 직원의 업무와 상황에 집중하는 시간이다.

얼마 전, 한 팀원과 면담했다. 팀원은 의자에 앉자마자, 눈시울이 붉어진다. 내 눈을 쳐다보면 눈물이 날 것 같다고 한다. 이야기인즉슨, 요즘 일하기가 힘들고 일할 힘이 나지 않는다는 말이다. 팀원의 목소리가 떨린다.

이 팀원은 우리 사무실 최장기 근속자다. 기관 내에서 기관장을 제외하고 6년 넘게 근무한 유일한 사람이다. 아동 학대 현장 종사자들의 평균 근속률은 만 3년이 채 되지 않는다. 그런데, 그녀는 어느새 훌쩍 그 두 배의 시간을 보냈으니 지칠 만도 하다. 대학 졸업 후, 첫 사회생활을 아동 학대 현장에서 시작했다. 아동 학대 행위자들의 거센 민원과 저항의 파도 속에서 얼마나 고됐을까. 그래도 학대로부터 아이를 보호하기 위해 마음 쓰며 꿋꿋하게 6년을 버텨냈다. 기특하다. '함께 이 현장을 지켜주고 있어 대견하다, 고맙다.' 말하고 싶었다. 그 말을 꺼내려던 찰나, 팀원이 나에게 먼저 말을 꺼낸다.

"팀장님 눈빛은 사랑이 많아요. 그래서 자꾸 눈물이 나나 봐요."

그 말을 들으니 내 마음에 예쁜 꽃이 피어난다.

직원에게 다정하고 따뜻한 말을 나누고 싶지만, 마음과 달리 어려울 때도 많다. 업무 점검을 하다 보면 분위기가 냉랭해지기도 한다. 팀원과의 면담 시간에 이런 일도 있었다. 업무 진행이 제대로 되어 있지 않거나, 보고가 지연될 때는 내 표정이 굳어진다. 팀원에게 어떤 이유로 업무가 진행되지 않았는지 이유를 물어본다. 고개를 푹 숙인 채 묵묵부답이다. 말을 안 하니 내 속에 천불이 올라온다. 사람의 마음으로 들

   나를 먼저 안아주기로 했어

어가는 길이 있다면 얼마나 좋을까. 그 마음으로 저벅저벅 걸어 들어가 그 마음이 어떤지 알 수 있을 테니 말이다. 하지만, 마음의 소리는 억지로 들을 수 없다. 억지로 들으려고 하면 할수록 더 꼭꼭 숨어버리게 된다.

마음이 어떤 소리를 내는지 알고 싶은가? 마음의 소리를 듣는 방법을 나누고 싶다.

첫 번째, 마음의 소리를 들으려면 먼저 멈추어야 한다. 눈이 내리는 소리를 들으려 걸음을 멈추었듯이 마음의 소리를 들으려면 멈춰야 한다. 바쁘게 움직이던 몸을 멈추고 가만히 있는다. 하루 중, 짧은 시간이라도 고요한 시간이 필요하다.

두 번째, 마음이 보내는 신호에 집중한다. 지금 내 마음은 어떤 이야기를 하고 있을까? 물어야 한다. 어떤 감정이 불쑥 올라올 때가 있다. 그때는 그 감정이 무언가 말하고 싶다는 신호다. '나 좀 알아줘, 나 이런 걸 원해'라는 속삭임이다. 그 마음을 계속 따라가면서 내 마음속에 진정한 바람이 무엇인지 들어보자.

마지막으로는, 마음에 떠오르는 생각을 글로 써 본다. 매일 하루, 어떤 일이 있었는지 그 일과 관련된 나의 감정을 메모하며 기록한다. 자기 전, 하루를 돌아보며, 감사와 배움을 적는다. 글을 쓰다 보면 뒤엉켰던 마음이 하나씩 풀려 정리된다. 내 삶에 남겨두어야 할 것과 떠나보내야 할 것이 또렷해진다. 글로 담아낸다는 것은 자기 생각을 만나는 시간이 된다.

세상은 수많은 소리로 채워져 있다. 그 수많은 소리 중에 우리는 무엇을 듣고 있을까. 정작 꼭 필요한 소리는 듣지 못하고, 듣지 말아야 할 소리에 마음 쓰며 마음 앓이하고 있지는 않은가. 마음의 소리를 듣는 연습은 결국, 나와 연결되는 시간이다. 우리는 바쁘게 살아가느라 정작 중요한 '진짜 내 마음'을 외면할 때가 많다. 잠시 멈추고, 내 몸과 마음의 신호에 귀 기울이는 게 필요하다. 내 몸과 마음의 신호를 듣는다는 건 나를 존중하는 시작이다. 하루 단 몇 분이라도, 내 마음의 소리를 듣기 시작했다. 그 순간부터 내 삶은 조금씩 달라진다.

　　　　　나를 먼저 안아주기로 했어

③

나를 괴롭히는 것들과
이별하기

드르륵, 서울 미아역 앞 가구점 문을 열었다. 가게 안으로 들어서며 엄마가 말했다.

"여기가 우리 가족이 지낼 곳이야."

저녁이 됐다. 가게 밖에 진열해 둔 가구들을 안쪽으로 들여놓는다.

엄마는 가구를 다 옮긴 후 끙끙대며 무거운 셔터를 내린다. 우리 가족이 지낸다고 한 게 여기서 잠을 잔다는 의미였다니. 서울에서 우리 네 식구가 지낼 집은 없었다. 아침에 학교에서 서울로 이사 간다고 친구들에게 작별 인사를 나눌 때만 해도 이런 현실을 마주하게 되리라고는 예상하지 못했다.

서울로 이사 오기 전 포천에서 다녔던 학교는 딱 한 반밖에 없는 작은 학교였다. 유치원부터 6학년까지 7년의 세월을 함께해 온 친구들이었다. 오랜 시간 정들었던 친구들과 헤어지니 하염없이 눈물이 흘렀다. 친구들과 헤어진 슬픔도 어린 나에게는 무척 큰일이었다. 하지만, 내 눈앞에 더 서글픈 상황을 마주했다.

가게 뒤편, 싱글 침대가 우리 가족이 잠잘 공간이었다. 네 식구가 눕기에는 비좁은 침대라 2명은 침대에서 자고, 2명은 가구점 바닥에서 자기로 했다. 부모님은 나와 동생에게 침대 자리를 주셨다. 매번 침대를 차지하고 자기에는 미안한 마음이 들었다. 어느 날은 내가 바닥에서 자겠다고 말했다.

차가운 가게 바닥에 누우니 바닥의 찬 기운이 온몸에 퍼졌다. 이불을 더 꼭 끌어안았다. 잠이 들려고 하는데, 내 다리 옆을 무언가가 쓱 지나갔다. 온몸이 쭈뼛, 소름이 돋았다. '찌지직' 생쥐였다. 생쥐 소리가 천둥소리처럼 크게 들렸다. 꺅, 비명을 지르며 벌떡 일어났다. 내 비명에 엄마도 놀라서 일어났다.

"엄마, 생쥐야. 징그러워! 으앙 싫어, 싫어."

생쥐 한 마리에, 서러운 마음이 폭발했다. 엄마 품에 안겨 엉엉 울고 말았다. 가게에서 생활한 지 3년이 되어갈 무렵 드디어 이사 갔다. 가게가 아닌 우리 가족이 잘 수 있는 집이 생겼다는 안도감. 그런데 막상 가보니 그 집은 반지하였다. 반지하가 아니었다면 내 마음이 달랐을까. 가게 바닥 생활에서 이젠 반지하까지. 가게에서는 생쥐와의 전쟁이었다면 습

　　　　　　　　　　　　　　나를 먼저 안아주기로 했어

한 반지하 집에서는 바퀴벌레와의 전쟁이 벌어졌다. 불을 끄면 자꾸만 나타나는 바퀴벌레 때문에 불 *끄*기가 겁났다.

그 이후에도 반지하에 대한 기억은 내 삶 곳곳에서 튀어나왔다. 주민등록증을 처음 받아 든 날, 주민등록증 한 장이 뭐라고, 신기한 듯 앞뒤로 돌려 보며 계속 들여다보았다. 주민등록증이란 게 이 세상에 '조보라, 여기 있다'라고 알려주는 느낌이 들었다. 가장 친한 친구 J도 신기하기는 마찬가지였나 보다. 친구와도 서로 바꾸어서 서로의 주민등록증을 구경했다. J는 내 주민등록증을 보더니 '지층이 뭐야?'라고 물었다. '지층', 갑자기 목에 가시가 걸린 듯, 아무 말도 할 수가 없었다. 얼굴이 벌겋게 달아오르기만 했다. 가장 친한 친구에게조차 반지하 집에 산다는 걸 말하지 못했다. 친구가 우리 집에 놀러 오겠다고 하면 이런저런 핑계를 대며 요리조리 피하기만 했다. 고등학교 2년 내내 잘 숨기고 있었는데, 주민등록증 때문에 친구에게 반지하 산다는 사실을 들키고 말았다. 어둡고 칙칙한 내 얼굴. 마음도 쪼그라들어 구깃구깃했던 시절이었다.

얼마 전, 사무실에서 간담회를 진행할 공간을 찾는 중이었다. 혜화역에 있는 카페인데 그곳 지하에 세미나실이 있다.

그곳은 어떠냐는 이야기가 나왔다. 나는 지하실이 아니면 좋겠다고 의견을 냈다. 한 직원이 '반지하 살아봤어요?', '퀴퀴한 반지하 냄새 알아요?'라며 질문을 한다. 그러자 곳곳에서 반지하 살았던 본인들의 경험담이 술술 나온다. 나도 바퀴벌레 있던 반지하 집에 살았던 경험을 보탰다.

매월 25일, 급여를 받는다. 뭐, 급여는 통장을 스쳐 이곳저곳으로 빠르게 달아나 버린다. 하지만 돈을 버는 덕분에 커피를 사 먹을 수도 있다. 사랑하는 사람들에게 작은 선물도 사줄 수 있다. 오늘도 가족과 함께 카페에 가서 아이들에게는 망고 빙수를, 우리 부부는 인절미 빙수를 시켰다. 카페라테까지 추가했다. 이렇게 먹고 싶은 대로 사 먹을 수 있는 여유가 생겨도 여전히 '나는 가난해. 돈 없어'라는 말을 여전히 자주 내뱉는다. 중학교 시절 집이 없었고, 반지하 집에서 살았을 뿐인데, 그때 각인된 가난이라는 정체성이 여전히 나를 옭아매고 있다. 어쩌면 우리는 한번 고정된 생각으로 자기 자신의 정체성을 규정해 버리는 것은 아닐까.

'가난하다'라고 생각하며 수치심을 가졌다. 수치심은 나를 한계 속에 가두었다. 스스로 만든 벽이었다. 부자가 될 수 있다고 생각하지 않았다. 꿈꾸지 않으니 이룰 수도 없었다. 신혼 초, 시할머니를 뵈러 익산에 내려갔다. 시할머니께서 나와 남편을 붙잡고 기도해 주셨다. 기도 내용 중 이 부분이 생각난다.

"우리 손주와 손주며느리, 집 한 채도 갖게 해 주세요."

기도가 끝난 후 나는 눈을 동그랗게 뜨고 '할머니, 저희가 어떻게 집이 생겨요? 에이, 말도 안 돼요'라고, 말했다. 시할머니는 당연히 집도 갖게 되고 잘 살 수 있지 무슨 소리냐고 하셨다. 그때는 불가능하다고 웃으며 넘겼다.

가정 형편이 어려워 학업을 지속하기 힘들었을 때, 교회 목사님이 등록금을 지원해 준 덕분에 학교를 다닐 수 있었다. 교회 장로님이 미술 학원에 다닐 수 있도록 지원해 준 덕분에 미술을 배울 수 있었다. 고등학교 삼 학년 때, 친구 엄마가 국어 공부할 수 있도록 학원비를 내주기도 했다. 다 열거할 수 없을 정도로 수많은 분의 도움과 지원으로 어려운 시기를 헤쳐왔다.

나 역시 어려움에 있는 사람들을 도우며 살고 싶다. 꿈을 포기하지 않도록 작은 도움의 손길을 내밀고 있는 힘껏 돕는 사람이 되고 싶다. 그러기 위해 부자가 되기를 꿈꾼다. 많이 가질수록 많이 나눠줄 수 있을 테니 말이다.

돈에 대한 인식이 점차 바뀌기 시작했다. 『돈의 속성』에서

김승호 작가는 '품 안의 돈을 기품 있는 곳에 사용하며 사랑하는 사람과 보호해야 할 가치가 있는 곳에 사용한다. 이를 지켜보고 있는 돈도 더 많은 친구를 옆에 불러들인다. 돈의 노예가 되는 일도 없고 돈도 나의 소유물이 아니므로 서로 상하관계가 아닌 깊은 존중을 갖춘 형태로 함께하게 된다. 이것이 진정한 부의 모습이다'라고 말한다.

더 이상 '가난하다'라는 말로 나를 가두지 않는다. 다른 사람을 돕는 부자로 살고 싶다. 받은 수많은 도움을 기억하며, 그 은혜를 나누고 싶은 진심이다. 돈은 나를 지배하는 존재가 아니라, 사랑하는 사람들을 위해 사용할 수 있는 도구다. 나눌 수 있을 때 나는 가장 부유하다.

가난하다는 나의 정체성을 벗어던진다. 다음 문장을 큰 목소리로 두 번 외쳤다.

"나는 다른 사람을 돕는 부자다. 나는 다른 사람을 돕는 부자다!"

옆방에서 이 소리를 듣고 딸이 말한다.

"엄마! 엄마 부자야? 그러면 나한테 2만 원만 줄래?"

내 입가에 미소가 번진다. 그래, 물론이지. 부자로서의 삶은 이미 시작되었으니까.

　　　　　　　　　나를 먼저 안아주기로 했어

4

미니멀 라이프 미니멀 씽킹

아침 출근길, 지하철 개찰구에서 교통 카드를 태그한다. 전광판에, 타야 할 인천행 열차가 승강장으로 진입한다는 메시지가 뜬다. 계단을 성큼성큼 뛰어올라 7-1 승강장에 섰다. 열차도 승강장에 멈춰 선다. 열차 문 앞에서 지하철 좌석을 스캔한다. 지하철 문이 열리자마자 빈 의자 방향으로 빠르게 걸어간다. 오호! 자리 착석 성공! 백팩을 무릎 위에 올려놓고 숨을 고른다.

내 앉은 자리 앞에 커플로 보이는 남녀가 선다. 여자가 남자의 백팩을 툭 치며 말한다.

"뭐야, 빈 가방이네, 왜 들고 다녀?"

"나 회사 가잖아."

남자는 머쓱하게 웃으며 답한다.

남자의 가방은 홀쭉했다. 내 가방과는 사뭇 다르다. 내 가방은 가득 차 있고 묵직하다. 가방 안에는 '우산, 안경집, 펜 4자루, 책, 교통 카드 지갑, 운전면허증, 블루투스 키보드, 명함집, 휴지, 물티슈, 휴대전화 보조배터리, 이어폰, 그리고 파우치. 파우치 안에는 콤팩트, 립글로스 2개, 여성용품 4개, 아로마 오일 롤온, 미니 선크림, 타이레놀, 치간칫솔, 점안액, 대일밴드'까지 들어있다. 파우치 안에 동전 지갑이 있는데 그 안에, 만삼천 원, 신용카드 2개도 있다.

매일 사용하는 물건도 있지만 대비하며 가지고 다니는 물건도 있다. 언제 비 올지 모르니 항상 가방에 우산을 넣고 다닌다. 연중 비 오는 날이 1/3은 되려나. 일기예보를 미리 볼 생각은 하지 않는다. 지난 일주일 동안 한 번도 쓰지 않은 물건도 있다.

매일 들고 다니는 가방도 이렇게 무거운데 내 머리와 마음 안에는 얼마나 많이 채워져 있으려나. 내 삶에서 무엇을 빼는 게 좋을지 곰곰이 생각해 본다.

당신은 미니멀리즘? 맥시멀리즘? 어느 유형에 해당하는가? 나로 말하자면, 미니멀리즘 추구자다. 이는 어디까지나 가슴 안에서만 머무는 꿈일 뿐이다. 서랍장과 장롱에는 옷들이 넘쳐난다. 서랍에 옷이 꾸역꾸역 넣어져 있고, 꼭꼭 채

　　　　　　　　　　　나를 먼저 안아주기로 했어

워져 있다. 그러면서도 희한하게도 '왜 이렇게 입을 옷이 없지?'라고 말한다.

주로 입는 옷만 입기 때문에 손이 안 가는 옷도 많다.

친구에게 옷을 나눔 받았다. 나눔 받은 옷 가짓수만큼 내 옷장이나 서랍장에 있는 옷 중에 버리거나 다른 사람에게 나누어야겠다 마음먹는다. 안 그러면 옷장과 서랍장이 터질지도 모르기 때문이다. 장롱과 서랍장을 살펴본다. 2년 동안 입지 않은 옷가지들이 보인다. 이 옷, 저 옷 꺼내며 입으려나, 안 입으려나 고민한다. 2년간 입지 않은 옷은 앞으로도 입지 않을 가능성이 크다. 그런데도 버리기가 쉽지 않다. 버려야지 생각하고 옷을 커다란 비닐봉지에 담았다가, 다시 꺼낸다. '아, 멀쩡한데 버리긴 아까워. 언젠가 입지 않을까'라는 마음이 든다. 언젠가가 언제란 말인가? 입지 않은 옷이라면 과감히 버리자. 앞으로도 입지 않을 확률이 높다.

버릴 옷 10개를 결정했다. 마음이 가벼워지고 홀가분해진다. 버리는 만큼 내 삶은 가벼워진다. 가벼워지는 만큼 여유롭게 살 수 있게 된다. 이제는 삶에서 미니멀리즘을 실제로 적용해 본다.

물건을 줄이려는 내 삶에 딱 맞는 선물이 도착했다. 친한 친구 C가 선물을 보냈다. 갑자기 뭔 선물이냐고 물으니, 공저 책 발간된 소식을 보고 선물을 보내고 싶었다고 했다. 친구는 꽃다발과 쓰레기통 중 어떤 것을 선물할지 고민했다고 한다. 본인이 유용하게 쓰고 있다는 자동 센서 쓰레기통을 집으로 보내주었다. 실생활에 필요한 쓰레기통을 보내준 친구의 센스가 마음에 들었다.

선물을 받고 보니 글쓰기와 쓰레기통은 닮은 점이 많았다. 그중에서도 세 가지 측면에서 특히 더 닮았다.

첫째, 쓰레기통은 필요 없는 것을 버리기 위해 존재한다. 우리 일상도 마찬가지다. 다 쓴 물건, 더 이상 쓰지 않는 물건은 과감히 버려야 한다.

글쓰기는 걱정과 두려움, 불필요한 생각을 버리도록 돕는다. 생각이 복잡할수록 몸도 무거워진다. 평소 머리가 무겁고 어깨는 뻐근했다. 여러 생각들이 뒤엉켜 있었다. 글쓰기를 하면서 쓸데없는 생각을 버릴 수 있게 됐다. 두려움은 실체가 없어서 두렵다고 한다. 실체를 잘 모르기 때문에 공포감이 생긴다. 글을 쓰다 보면, 모호하고 막연했던 실체가 활자라는 글자의 형태로 정체를 드러내게 된다. 불필요한 생각들로부터 가벼워지는 마법 같은 경험이 바로 글쓰기다.

둘째, 쓰레기통은 종류별로 분리되어야 한다. 한 통에 아무거나 다 버릴 수는 없다. 일반 쓰레기, 음식물 쓰레기, 재활용 쓰레기―종이, 플라스틱, 캔 등과 같이 분류가 필요하

    나를 먼저 안아주기로 했어

다. 글쓰기의 과정도 마찬가지다. 처음에는 낙서처럼 단어를 메모하고 끼적이지만, 써 내려간 글을 분류하고 편집해야 한다. 초고를 쓰고 퇴고하며 불필요한 문장을 덜어내는 과정은 마치 쓰레기를 분리수거하는 작업과 닮았다.

셋째, 쓰레기통은 가득 차면 비워야 한다. 아무리 예쁘고 좋은 쓰레기통이라 한들, 계속 채울 수만은 없다. 비우지 않으면 악취가 난다. 글쓰기도 마찬가지다. 생각과 감정을 계속 쌓아두기만 하면 그 안에서 곪고 터지게 된다. 글로 써서 바깥으로 내보내면 마음에 여유가 생긴다. 비워진 자리에 새로운 아이디어가 들어올 수 있다. 그러니 써야 한다. 움켜쥐기보다 흘려보내야 한다.

삶을 가볍게 만드는 일은 단순히 물건을 줄이는 데서 끝나지 않는다. 마음속에 쌓인 걱정, 두려움, 불필요한 생각까지 덜어내야 진짜 여유가 찾아온다. 글쓰기는 비워내는 도구다. 쓰레기통에 필요 없는 물건을 담고, 분류하고 비워내듯, 글을 쓰며 우리 안에 불필요한 것을 분류한다. 정리하다 보면 우리 삶은 더 맑고 선명해진다.

가벼운 삶은 가벼운 생각에서 시작된다. 걱정이 밀려올 땐 키보드 위에 손을 얹고 글을 쓰자. 오늘도 글을 쓰며 인생의 무게를 한 스푼 덜어낸다.

5

인생 칸막이 만들기

"내일 뵙겠습니다."

동료에게 인사 후 지하철역으로 달려갔다. 매주 목요일 퇴근 후, 상담실로 달려갔다. 나는 직장에서 아동과 가족들을 상담하는 일을 한다. 오늘은 상담자가 아니라 내담자로 상담을 받는 날이다. 막상 내담자가 되어 보니 중이 제 머리를 못 깎는다는 말을 이해하게 됐다. 다른 사람이 자신의 이야기를 풀어내도록 도우면서 막상, 내 얘기를 하려니 어찌나 어려운지. 상담자 앞에 앉으면 머리가 텅 비면서 무슨 이야기를 꺼내야 할지 막막했다. 상담자는 온화한 미소를 보이며 어떤 이야기든 해도 괜찮다는 표정으로 내 앞에 앉아 있다.

모래놀이 치료로 상담을 받았다. 모래놀이 치료는 모래와 작은 상징물을 활용해서 무의식 속 감정과 기억을 표현하는 심리 치료다. 언어로 표현하지 못하는 내면을 탐구할 기회로

 나를 먼저 안아주기로 했어

여겼다. 상담자는 나에게 모래 상자 위에 무엇이든 가져와서 올려두라고 했다. 나는 상담실 벽에 있는 피겨장 앞으로 가서 피겨들을 물끄러미 쳐다보았다. 도대체 무엇을 가져가야 하는 걸까. 상담자가 차라리 '가장 행복한 순간을 표현해 보세요. 가장 괴로웠던 순간을 표현해 보세요'라고 제시어를 주면 오히려 쉬울 텐데. 무엇이든 괜찮다고 자유를 주니 더 어렵게 느껴졌다.

상담실 벽장 한가득 채워 있는 피겨. 사람부터 동물, 돌, 나무 등의 자연물까지, 여러 모형 인형이 줄지어 있었다. 크기도 손톱 크기만 한 작은 것부터 손바닥 크기만 한 것까지 다양했다. 우선 피겨를 찬찬히 살펴보았다. 피겨들을 바라보다 보니 내 시선에 들어오는 피겨가 있다. '오늘은 내 이야기를 좀 해 보는 게 어때?'라며 피겨가 나에게 말을 건넨다. 무슨 말을 해야 하는 건지는 잘 모르겠지만 우선 집어 들어 모래 상자 위에 가져다 둔다. 사람들, 시계, 전화기, 책, 침대, 소, 피아노, 트로피, 보물 상자, 십자가, 지구본, 다리 모양 피겨까지. 내 눈길을 사로잡은 피겨들을 모래 상자 위에 가져다 두니 모래 상자가 가득 채워졌다.

상담자는 물끄러미 내 모습을 지켜보고 있다. 상담실 안에는 벽장과 모래 상자를 왔다 갔다 하는 내 발걸음 소리만 들린다. 상담사는 최근에 꾼 꿈이 있냐고 나에게 묻는다. 꿈을 꾸었다고 답하자, 그 꿈에 나온 피겨를 가져와 보라고 요청을 한다. 하필 이번 꿈은 화장실 볼일 보는 꿈이었다. 꿈을 꾸었다고 괜히 말했나. 화장실 꿈 이야기를 꺼내자니 쑥스러웠다. 그래도 뭐 별수 있나. 변기 모양 피겨와 똥 피겨를 찾았다. 두 개를 가지고 와서 모래 상자 한 귀퉁이에 놓았다.

상담사는 최근 꾼 꿈 이야기부터 들려달라고 했다. 화장실에서 큰 볼일 보는 꿈 이야기를 시작했다.

"배가 아팠어요. 급하게 공중화장실로 달려갔어요. 그런데, 화장실 칸마다 얼마나 더럽던지, 게다가 문도 없는 칸도 있었어요. 그나마 문이 달린 칸을 발견하고 그곳으로 들어가서 문을 잠그고 화장실 변기 위에 앉았어요. 큰 볼일을 보려고 힘을 주려는 순간, 누군가 화장실로 저벅저벅 들어오는 거예요. 그러고는 내가 들어있는 칸의 문 앞으로 오더니 문을 확 잡아당겼어요. 순간 놀랐어요. 다행히 걸쇠로 문을 잘 걸어놓아서 문이 열리진 않았어요. 그 사람이 얼마나 힘이 센지 문틈이 살짝 벌어지더라고요. 그 사람은 잠겨 있는 문을 덜컥덜컥 몇 차례 더 잡아당겼지요. 저는 볼일을 보던 상황이라 엉거주춤 앉은 채로 손을 뻗어 문이 열리지 않도록 화장실 문고리를 잡았어요."

생각나는 대로 내 꿈 이야기를 상담사에게 들려줬다. 상담

 나를 먼저 안아주기로 했어

사는 차분히 앉아서 나의 이야기를 들었다. 상담사는 가져다 놓은 여러 피겨를 바라보니 어떤 마음이 드냐고 물었다. 처음에 가지고 온 피겨 중 시계, 책, 피아노, 트로피, 보물 상자는 딱 눈에 보기에도 고상한 것들이었다. 그런데, 그 옆에 변기와 똥이라니. 어울리지 않는 조합이었다. 뒤죽박죽, 어떤 주제도 없고, 정리도 안 된 모습이었다. 내 모습과 닮았다. 좋은 것과 좋지 않은 것이 뒤섞여 혼란스러운 상태.

상담사는 모래 상자 위에 있는 피겨들을 분류하거나 재구성해 보라고 했다. 모래 상자 영역을 네 군데로 나눠서 소, 시계, 전화기, 사람들은 모래 상자 오른쪽 위에 두었다. 피아노, 보물 상자, 트로피, 책은 왼쪽 위에 두었다. 십자가와 지구본은 왼쪽 아래에 두었다. 침대, 변기와 똥은 오른쪽 아래에 모아 두었다. 마지막으로 한가운데에 다리를 놓았다. 이렇게 구분하고 나니 마음이 어떠냐고 물었다. 깔끔해지고 정돈된 상태라 기분이 홀가분하다고 이야기했다.

모래 상자 위에 놓인 피겨들은 단순한 장난감이 아니었다. 그것은 내 삶의 조각들이었다. 소, 시계, 전화기, 사람은 직장 생활과 관련된 부분이었다. 현실 속에서 감당해야 할 나의 책임과 역할을 말해주고 있었다. 소 모양 피겨를 통해 소처럼 우직하게 일하는 내 모습을 볼 수 있었다. 쉴 새 없이 밀고 들어오는 일이 나의 모든 시간과 공간을 다 채우고 있었다.

야근은 반복되고 일은 해도 해도 끝나지 않았다. 게다가 지속되는 민원으로 인해 스트레스가 무척 큰 상태였다. 민원인은 하루에도 몇 차례 전화해서 이 문제를 해결하라고 나를 재촉했다. 민원인은 구청, 시청, 복지부, 여성가족부, 교육부, 경찰, 법원 등 넣을 수 있는 모든 공공기관에 문제를 제기했다. 각 부처의 주무관들에게 연락받았고, 응대했다. 이 상황이 6개월 정도 지속되면서 피로감이 극에 달했다. 가장 개인적인 공간이자, 가장 개인적인 활동이 이루어지는 화장실에서조차 내 마음대로 배설할 수 없는 그런 느낌. 당면하고 있는 직장 생활 스트레스가 바로 내 꿈에서 그런 모습으로 나타나고 있던 걸로 보였다.

오른쪽 아래에 침대를 가져다 두고 편안한 차림의 여자를 그 위에 가져다 두었다. 침대에서 편하게 잠을 잘 수 있도록 해 주었다. 다른 사람이 갑자기 문을 열고 들어올지 걱정하지 않아도 되는, 편하게 배출할 수 있는 나만의 공간이 마련되었다. 각 영역 사이에 다리를 놓으니 필요한 순간에는 언제든지 오갈 수도 있었다. 뒤섞여 있는 피겨들을 영역별로 나누었다. 그 사이에 다리를 놓자, 마음에도 숨통이 트였다.

　　　　　　　　　　　나를 먼저 안아주기로 했어

직장 생활 19년 차인데, 여전히 일과 가정을 조화롭게 살아내기가 쉽지 않다. 어떻게 해야 각 영역을 포기하지 않고 잘 해낼 수 있을까 고민하던 차에 칼 뉴포트의 『딥 워크』라는 책을 만났다. 퇴근 후에는 완료를 알리는 구호를 외쳐보라고 말한다. 칼 뉴포트의 추천 구호는 '차단 완료'였다. 조금은 유치해 보일 수 있지만, 남은 시간 동안 일과 관련된 생각을 끊어도 된다는 간단한 신호가 된다. 말로 내뱉는 순간 그 말은 힘을 가진다. 의도적으로 차단을 선포한다. 누구에게나 같은 24시간이 주어지는데 어떤 사람은 그 시간을 밀도 높게 보내고 어떤 사람은 흐지부지 보내는 걸까. 각 영역에서 완전한 집중의 상태를 가지기 위해 시도해 볼 만하다.

사무실에서는 집안일 걱정, 집에서는 사무실 걱정을 하면서 정신이 빼앗긴다면 그것만큼 어리석은 일은 없을 것이다. 집에서, 사무실에서 나만의 역할과 책임이 있다. 각 역할에 충실해지려면, 그 시간에 온전히 집중해야 한다. 다른 역할과 책임이 마구잡이로 넘어오지 않도록 인생 칸막이를 잘 만들어 놓아야 한다. 인생 칸막이를 콘크리트로 만들 필요는 없다. 언제든 유연하게 칸막이를 여닫을 수 있도록 간이식 인생 칸막이를 만들어 보자. 필요에 따라 넓히고 줄일 수 있는 지혜와 용기도 필요하다. 나의 인생 칸막이를 몇 칸으로

나누어 볼까. 오늘도 나는 글쓰기를 위한 작은 칸막이 하나
를 세운다.

⑥

지혜로운 사람은
할 수 있는 일에 집중한다

인생은 마음대로 되지 않는다. 마음대로 할 수 없는 일이 더 많다. 할 수 없는 일에 안달복달하지 말고, 할 수 있는 일에만 집중하는 게 필요하다. 이미 나를 태어나게 한 부모를 바꿀 수 없다. 어제도 이미 지나가 버렸다. 오늘 하루를 보내면서도 마음대로, 계획대로 되지 않는 일이 있다. 이미 지나간 일은 지나가게 두어야 한다. 이미 지나간 기차를 붙잡으려 철로를 달리는 대신, 다음 열차를 기다리며 내 할 일을 한다.

며칠 전부터, 아이들은 망고 빙수를 먹고 싶다고 노래를 불렀다. 토요일 오전, 도서관에 갔다가 빙수를 먹으러 가자고 약속했다. 약속한 토요일이 되어 아이들과 도서관으로 향했다. 내 마음 같아서는 오래도록 책을 읽게 하고 싶은데 아이들은 빌려 갈 책만 후다닥 찾는다. 책 빌리더니 빙수 먹으러 가자고 성화다. 도서관을 나와 걸음을 서둘렀다.

가게 앞에 가보니, 빙수 가게 문이 닫혀 있다. 아직 11시다. 혹시나 늦게 열려나 하는 마음에 전화를 걸었다. 사장님이 전화를 받는다. 오늘은 가족 행사가 있어서 문을 열지 못한다고 한다. 아이들은 빙수 먹을 생각에 부풀었다가 갑자기 풀이 죽는다. 아이들은 쉽사리 망고 빙수를 포기하지 않는다. 차를 타고 다른 카페에 가자고 한다. '그래! 먹기로 약속했으니 가자!' 하는 마음으로 차로 이동했다. 망고 빙수를 파는 카페에 도착했다. 계산대 앞에서 망고 빙수를 주문하자, 종업원은 이미 품절이라고 한다. 이럴 수가! 아이들에게 '오늘은 망고 빙수를 먹을 수 없는 날인가 봐'라고 말하니 실망스러운 표정이다. 하는 수 없이 아이들은 빙수 대신 다른 메뉴를 골라 주문했다.

카페 다녀온 후 아들, 딸이 자전거 타고 싶다고 해서 자전거를 끌고 밖으로 나갔다. 아들이 자전거를 타고 가다가 내리막길에서 넘어졌다. 팔꿈치에 상처가 나고 허벅지는 멍이 올라왔다. 게다가 넘어지면서 자전거 핸들이 틀어져 자전거까지 망가지고 말았다. 더 이상 자전거를 탈 수 없는 상황이 되어 버렸다. 아들은 힘이 빠져서 자전거를 끌고 터덜터덜 집으로 돌아왔다.

　　　　　　　　　　나를 먼저 안아주기로 했어

오후 4시가 되어 아이들은 인라인 강습을 받으러 간다. 하필 오후에는 차를 쓸 수 없는 상황이라 대중교통을 이용해서 인라인 강습장에 갔다. 차로 가면 25분 정도 소요되는데, 대중교통으로 가니 50분 넘게 걸렸다. 게다가 버스도 두 번 갈아타야 했다. 버스를 갈아타야 하는데, 눈앞에서 버스가 떠난다. 이러다 강습 시간에 지각이다. 아들은 입이 삐죽 나오며 오늘은 마음대로 되는 일이 하나도 없다고 볼멘소리한다.

나도 아들의 말에 맞장구를 친다.

"진짜 오늘은 마음처럼 되는 일이 하나도 없다, 그지~"

아들에게 이럴 때 어떻게 하면 좋겠냐고 물었다. 어쩔 수 없는 일과 우리가 해 볼 수 있는 일을 이야기해 보자고 했다. 다행히도 삐죽 나온 입을 집어넣고 자기 생각을 나눈다. 빙수 집은 아쉽지만 내일 다시 가자고 한다. 내일 또 가야 하는구나 싶어 웃음이 나온다. 포기를 모르는 아들이다. 망가진 자전거도 내일 고치러 가자고 한다. 수리점에서 못 고치게 되면 새 자전거를 사고 싶단다. 심지어 본인에게 더 좋은 대안을 찾는다. 이동하면서 버스를 놓칠 때도 다른 버스를 타든지 택시를 타겠다고 한다.

카페 문이 닫혀 있고, 빙수가 동났고, 버스가 떠나버렸다. 이런 일들은 우리 영역 밖의 일이다. 우리가 할 수 있는 일은 망고 빙수를 먹을 수 있는 카페를 찾아가는 일이다. 자전거를 탈 때는 보호대와 헬멧을 쓰는 일이다. 버스 시간을 미리 검색해 보고, 여유 있게 가는 일이다.

아들의 감정이 조금 차분해지니 합리적이거나 본인에게 유리한 대안들이 제시된다. 이런 상황에서 우리가 선택할 수 있는 게 무엇인지, 짜증만 내고 불평만 하면서 시간을 보내기보다 할 수 있는 일에 집중해 보자고 이야기 나눈다. 마음 대로 되지 않는 게 인생이라는 사실을 깨닫게 된다.

걱정이 많았던 성격이다. 아동 학대 분야에서 일하면서 걱정이 더 커졌다. 내가 만난 아이들이 혹여나 잘못되지 않을까 전전긍긍하게 될 때가 많다. 부모와 청소년기 아이들 사이에 벌어지는 갈등의 요인 중 하나는 용돈이다. 용돈을 더 달라, 줄 수 없다 하며 옥신각신하는 가족을 많이 봤다.

그중 한 가정이 생각난다. 엄마에게 매일 용돈을 달라고 조르다 사달이 났다. 그제도 2만 원, 어제도 1만 원을 받아 갔다. 그날도 2만 원을 더 달라고 엄마에게 말했다. 엄마는 매월 초에 준 용돈은 다 어떻게 된 거냐며 더 이상 줄 수 없 다고 딱 잘라 말했다. 아이는 현관 앞에서 빨리 돈을 달라고 외치다가 슬리퍼 한 개를 들어 엄마를 향해 집어 던졌다. 그 러면서 욕설을 내뱉었다.

"아, 씨*, *같아! 지금까지 해 준 게 뭐 있다고."

이 욕설을 들은 아이 엄마는 순식간에 얼굴이 달아올랐다. 슬리퍼를 주워 아이를 향해 달려갔다. 슬리퍼로 아이의 몸을 사정없이 때렸다. 아이의 몸에는 슬리퍼 자국의 멍과 상처가 남았다. 이런 사연을 가지고 내 앞에 앉은 아이 엄마는 눈물을 뚝뚝 흘린다. 어쩌다 아이와 이 지경까지 된 건지 수치스럽고 속상해서 견딜 수가 없다고 한다. 게다가 평소에 아이에게 얼마나 잘 해줬는데 이제는 무슨 소용이 있냐며 고개를 푹 숙인다.

학대 피해 아동과 부모를 만나면서도 한계를 느낄 때가 많다. 아이 엄마에게 '아이가 그러니 얼마나 속상하겠어요'라는 섣부른 위로도, '그럼에도 아이를 멍이 들 정도로 때리진 말아야죠!'라고 단호하게 말하기도 조심스럽다. 학대를 막아야 한다는 사명으로 일하지만, 가정 내 발생하는 폭력을 막기란 쉽지 않다. 이미 일이 벌어진 이후에 우리 기관을 만나게 되니 말이다.

안타깝지만 과거는 바꿀 수 없다. 우리가 변화시킬 수 있는 것은 현재뿐이다. 지금의 마음, 생각, 관계를 변화시켜 앞으로 일어날 학대를 막도록 기도할 뿐이다. 지나온 날을 후회하기보다 앞으로 할 수 있는 일에 집중하는 게 필요하다.

라인 홀드 니버의 기도문을 읊조린다.

'하나님이여 제가 변화시킬 수 없는 것들에 대해서는 받아들일 수 있는 용기를 주시고, 제가 변화시킬 수 있는 것들에 대해서는 변화시킬 수 있는 용기를 주시며, 그리고 이 둘의 차이를 분별할 수 있는 지혜를 주소서.'

과거를 돌리는 일은 할 수 없다. 오로지 내가 할 수 있는 일은 과거를 해석하는 일이다. 그리고 오늘을 살아가는 일이다. 내가 할 수 있는 일에 집중하며 오늘을 살아간다.

　　　　　　　　나를 먼저 안아주기로 했어

$$7$$

내가 사랑하는 것

"직장에서 오너십(ownership)을 가지라 하잖아. 그럼 급여를 사장처럼 주든지!"

선배가 내뱉은 말이다. 씁쓸하지만 정곡을 찌르는 말이다. 선배는 20년 넘게 온몸과 마음을 불태워 일했지만, 남는 게 무엇인지 모르겠다며 허무하다고 했다. 나도 비슷한 마음이 들었다. 내 젊음을 불태워 일했건만 과연 무엇이 남은 걸까.

지난 직장 생활을 돌아보니 주인 의식을 가지고 일하려 애 써왔다. 주인 의식이라는 의미로 사용되는 오너십(Ownership)은 책임감을 느끼고 최선을 다하라는 의미이다. 맡은 일을 해내기 위해 퇴근 시간을 훌쩍 넘겨 새벽이 되더라도 일을 해냈다. 분장표에는 없었지만 추가된 일들도 '제가 하겠습니다'라고 말하며 손을 들었다. 퇴근 후에도 일 생각,

주말에도 일 생각. 퇴근 후에도 업무 처리, 업무 점검을 계속했다. 어떻게 해야 일을 잘할 수 있을까 고민이 컸다. 그러다 보니 내 삶의 9할은 일이었다.

기획 부서에서 근무할 때였다. 처음 발령 났을 때는 법인 내 핵심 인재가 된 듯한 기분이었다. 전체 예산과 사업을 기획하고 전략을 세우는 일이라니, 얼마나 멋있는가. 여러 부서를 진두지휘하는 모습을 상상하며 기대했다. 그러나 업무는 상상과 달랐다.

자료 모으고 지표 맞추는 일부터, 부서 간 의견 조율하는 업무의 연속이었다. 작은 수치 하나만 바뀌어도 전체 자료를 다 수정하고 업데이트해야 하는 일을 끝없이 반복했다. 사람들은 기획 부서 직원이면 법인 내 브레인이 아니냐고 했다. 브레인은 무슨. 우리는 서로를 '오장육부'라 불렀다. 생각해 보니 그 말이 맞았다. 조직 전체가 잘 돌아가도록 영양분을 보내고, 불필요한 것을 배출하는 역할. 꼭 필요한 일이었다.

직장 생활은 해가 지날수록 야근은 계속되고 책임은 점점 무거워졌다. 어느 날, '언제까지 계속 이렇게 살 수는 없어'라며 탄식이 혼잣말처럼 터져 나왔다. 직장에서는 연 사업, 예산 수립, 전략 수립, 중장기 계획까지 누구보다 철저하게 세워왔다. 정작 내 삶에는 아무런 계획도 목표도 없었다. 일은 치열하게 하면서 내 삶은 뒷전이었다. 문득 일을 빼고 나면

　　　　　　　　　나를 먼저 안아주기로 했어

남는 게 무엇인지 마음속에 질문이 떠올랐다. 내 인생의 연 계획과 중장기 계획은 언제 세우나. 인생 계획을 세워야겠다 는 마음은 가졌으나 막막하게 느껴졌다. 크고 멀게만 느껴져 도무지 시작할 수가 없었다.

그래서 작은 변화부터 시도하기로 했다. 가장 먼저 시작 한 것은 퇴근 시간 지키기였다. 이 단순한 일이 왜 이렇게 어 려운 걸까. 19년 가까이 몸에 밴 야근 습관은 쉽게 바뀌지 않 았다. 퇴근 후에는 직장 메신저를 확인하는 일이 다반사였기 때문에 온전히 나의 시간을 갖는 게 어색하게 느껴졌다. 퇴 근 후 직장 메신저 앱으로 손가락이 가려는 것을 붙잡았다. '지금 안 본다고 큰일 나는 건 아니잖아. 내일 확인하자.'라고 자신에게 말한다. 퇴근 후에는 직장 업무에 대한 OFF 버튼 을 누른다.

다음으로는 퇴근 후에는 나만의 루틴을 만들었다. 운동을 하거나 산책하고, 때로는 책을 읽거나 음악을 들으며 하루의 긴장을 풀어낸다. 나를 위한 시간을 갖는다. 몸과 마음이 회 복되어야 비로소 내 생각을 정리할 힘이 생긴다.

마지막으로는, 멈추고 생각하고 기록하는 시간을 확보하 기로 했다. 나를 위한 시간을 확보하고 내 생각을 정리하는 시간이 필요했다. '어떤 사람이고 무엇을 하며 살고 싶은가?'

일하는 스타일을 알고 좋아하는 일을 찾고 싶었다. 생각을 정리하기 위해서 기록만큼 유용한 건 없다. 종이에 일곱 가지 질문을 적어 보며 답해보았다.

1. 혼자 일하기, 같이 일하기 중 어떤 것을 좋아하는가?

나의 경우, 혼자 일하면 에너지가 나지 않는다. 사람과 소통하며 함께 일하는 게 나에겐 더 즐겁다. 사람들과 의견을 나누고 결과물이 도출되는 일이 좋다. '아! 맞아요! 저도 같은 생각이에요'라고 동료가 말하는 그 순간! 마음이 통한다는 생각에 마음이 흐뭇해진다.

2. 변화 없이 반복되는 일을 좋아하는가?

변화를 좋아하고 새로운 일을 좋아하는가? 반복되는 일은 지루하게 느껴진다. 변화 속에서 새로운 도전 의식을 느낀다. 다만, 너무 빠른 변화는 부담스럽다. 천천히 조금씩 변화하는 걸 선호한다.

3. 가만히 자리에 앉아 있기, 돌아다니며 일하기 중 무엇이 좋은가?

가만히 앉아 있는 것보다는 돌아다니는 걸 좋아한다. 외근 나가는 길, 만나는 햇살이 좋다. 구겨진 마음을 빨래 널듯 펼치는 시간이 된다. 하지만, 계속 돌아다니는 건 몸이 지칠 수도 있겠다. 자리에 앉아 있는 것과 돌아다니는 게 반

나를 먼저 안아주기로 했어

반 섞이면 좋겠다.

4. 일을 이끄는 게 좋은가? 따라가는 게 좋은가?

일을 기획하고 끌어 나갈 때 신이 나고 즐겁다. 구조화하고 체계화해서 일을 추진할 때 뿌듯함을 느낀다.

5. 조용히 일하는 게 좋은가? 시끌벅적한 게 좋은가?

적막이 흐르는 공간보다는 시끌벅적하고 사람 목소리 나는 곳이 좋다.

6. 지금 하는 일이 본인이 하고 싶은 일인가?

가족과 겪는 갈등, 어려움으로 인해 고통받는 사람들이 많다. 그 문제를 잘 대처해 나갈 수 있도록 돕는 일을 하고 싶다. 지금 있는 곳에서 하는 일이 나의 관심사와 일치한다.

7. 지금 하는 일이 즐거운가?

학대 피해 아동과 가족을 돕는 일은 책임이 무겁고 어려운 일이다. 하지만 아이들이 받는 고통을 멈추게 하고 가족의 회복을 돕는 일은 의미 있다. 보람을 느낄 때, 내 안에 즐거움이 춤을 춘다.

이런 질문에 하나씩 답하다 보니, 지금 내가 하는 일이 나에게 잘 맞는 일인 것을 알게 된다. 지금 나는 내가 사랑하고 잘하는 일을 하고 있다. 의미와 가치를 느끼며 일할 수 있으니 축복이다. 나는 이미 내가 원하는 길 위에 서 있다는 사실을 깨닫는다.

직장은 단지 생계를 위한 공간이 아니라 나를 성장시키는 공간이었다. 온전한 주인 의식은 맡은 역할을 기꺼이 받아들이는 데서 시작된다. 남들이 정한 길이 아니라, 나만의 속도로 나아가는 삶. 그것은 거창한 계획이 아닌 아주 작은 행동에서부터 시작된다. 내가 사랑하는 것을 온전히 인정하고 소중히 여길 때 나를 빛나게 한다.

오늘도 배운다. 함께하는 동료의 말 한마디 속에서, 사례 관리하며 만나는 아이와 가족들을 통해서. 나는 사랑하며 성장하고 있다.

     나를 먼저 안아주기로 했어

(8)

토닥토닥, 쓰담쓰담

밤 10시다. 서류를 정리하고 컴퓨터를 끄고 사무실 불을 끈다. 서둘러 지하철역으로 향한다. 아침 8시에 출근해서 이 시간 퇴근이라니. 14시간을 사무실에 머물렀다. 지하철에 몸을 실었다. 온몸에 진이 다 빠져나간다. 당장 침대에 눕고 싶다. 이 시간에도 지하철에 사람이 많아 앉을 자리가 없다. 지하철 문 앞 왼편에 선다. 눈을 감는다. 순간 이동장치를 이용해 집에 도착하는 상상을 해 본다. 깜빡 잠이 든 걸까. 눈 떠 보니 다음 역이 양주역이라는 방송이 흘러나온다. 다행이다.

지하철에 내려 버스로 갈아탄다. 버스에 올라 재빨리 빈자리를 찾아 앉는다. 이제 25분 정도만 가면 집 도착이다. 시간이 늦었으니 오늘 루틴 블로그 포스팅은 휴대전화 블로그 앱에서 기록하기로 한다. 가장 먼저 감사 일기를 기록한다. 무엇을 쓸까 고심하며 몇 줄 적는다. 어느새 내릴 시간이다.

조용히 현관문을 열고 들어간다. 남편과 아이들은 모두 잠들어 있다. 거실 불을 커니 나를 기다리고 있는 집안일. 설거지를 기다리는 그릇들, 아일랜드 식탁에는 물컵, 물통, 책, 휴지, 마스크, 머리끈, 빵, 과자, 물티슈, 약, 비타민 등 온갖 물건들이 잔뜩 펼쳐져 있다. 이뿐이랴! 건조기 문밖으로 쏟아져 나와 있는 옷가지들, 거실에 있는 공용 책상 위에 마구 펼쳐져 있는 여러 권의 책과 공책, 연필과 펜, 지우개까지 널브러져 있다. 속에서 부아가 치민다.

집에 들어오면 당장 쉬고 싶었는데 눈앞에 물건들이 나를 재촉한다. 집안일 먼저 하고 그 후에 블로그 포스팅을 한 다음 새벽에 자는 방법을 선택할 것인가. 둘 중 하나는 미루고 하나만 할 것인가. 아니면 둘 다 하지 않을 것이냐. 이것이 문제로다.

글쓰기와 블로그 포스팅을 먼저 하기로 한다. 버스에서 작성하던 루틴을 다시 연결해서 기록하기 시작한다. 좀 전까지 집안이 왜 이렇게 엉망이냐고 툴툴대고 나니 감사 일기를 이어 쓰기 쉽지 않다. 아침부터 무슨 일이 있었는지 하루를 되돌아본다.

매일 아침, 눈을 뜨자마자 스쾃 100개와 홈트 15분을 한다. 어느새 700일을 꾸준히 했다. 아침 운동을 하다 보면 정신이

 나를 먼저 안아주기로 했어

점점 맑아진다. 운동을 마치고 나면 영어 두 문장을 암기하고 암기한 녹음파일을 인증하기 위해 블로그에 포스팅한다. 부리나케 씻고 출근 준비를 한다. 대중교통으로 이동하는 출근길에는 성경 묵상 포스팅, 책 읽고 단상을 기록하는 포스팅까지 완료한다.

아침 8시부터 근무 시작이다. 출근하면 그룹웨어를 열어 결재하고 행정 업무를 한다. 9시부터는 직원들과 사례 회의를 한다. 직원들이 담당하는 사례에 대해 점검하고 앞으로 무엇을 해야 하는지 검토한다. 열 가정 이야기를 나눴을 뿐인데 점심시간이 되었다. 배가 고프다. 직원들과 식당으로 이동한다. 점심시간은 어찌나 짧은지 순식간에 지나간다.

오후에는 팀원과 함께 상담 동행에 나섰다. 이 가정은 약속을 잡을 때마다 계속 취소가 된 가정이다. 오늘은 다행히도 가정에서 아이를 만날 수 있었다. 다음 가정으로 이동해서는 아이와 부모님 모두를 만났다. 두 가정을 방문하고 돌아오니 어느새 6시다. 허기가 진다.

오늘은 저녁 7시부터 아동 학대 행위자 대상으로 상담 위탁 법원 결정에 따른 교육을 진행하는 날이다. 교육 장소에 가서 노트북 세팅과 간식, 펜, 활동지, 준비물을 준비한다. 다시 사무실 자리로 돌아온다. 책상에 앉아 고구마, 샐러드, 우유로 저녁을 먹는다. 고구마를 한 입 베어 물었는데 벌써 시작 10분 전이다. 고구마를 몇 입 더 먹고는 우유는 단숨에 들이마신다. 밤 9시 40분 무렵이 되어서야 교육을 마쳤다. 교육장을 정리하고 노트북과 활동지와 필기구, 서류, 쓰레기를 정리하니 밤 10시다. 서둘러 사무실을 빠져나간다.

하루를 돌아보니 감사한 일이 많다. 출근 전부터 루틴으로 알차게 아침 시간을 보냈다. 사무실에서는 학대 피해 아동과 가족들에게 도움을 줄 수 있을지 지혜를 모았다. 집으로 안전하게 돌아왔다. 집에는 아이들과 남편이 편안하게 자고 있다. 내 몸 누일 공간도 있다.

집이 난장판인 덕분에, 정리되지 않은 상태를 견디지 못하는 내 마음을 알게 됐다. 정돈되어야만 마음이 편안한 나. 어쩌면 나만의 엄격한 기준으로 스스로 몰아붙이고 있었던 건 아닐까? 어질러진 집도, 미뤄진 집안일도 허락해 보라. 미루기도 하면서 숨을 고른다. 오늘 밤, 나를 더 사랑하는 방법이다. 내 몸을 혹사하며 가족들에게 원망을 쌓기보다, 나에게 게으름을 선물한다. 완벽하지 않아도 괜찮다. 정돈된 공간보다 더 중요한 건, 정돈된 마음이다.

나는 오늘 글을 쓰는 선택을 했다. 그리고 그 선택이 나를

    나를 먼저 안아주기로 했어

다정하게 안아준다.

제5장

타인의 인정에서
해방되다

1

진정한 행복의 의미를 찾다

지난 토요일, 딸이 다니는 음악 학원에서 여름 소나타 연주회가 열렸다. 작년 12월, 첫 번째 연주회에 서고 이번 6월이 두 번째 무대다. 딸은 초등학교 입학하고 피아노를 배우기 시작했다. 어느덧 1년이 지났다. 순서지를 보니 총 27개의 연주가 준비되어 있었다. 딸은 스물한 번째 연주자였다. 자기의 순서를 기다리기까지 얼마나 긴장됐을까. 아이의 연주가 다가올수록 내 심장도 두근거린다.

딸은 하얀 드레스를 입고 예쁘게 머리를 땋았다. 한참을 기다려 무대에 오른다. 무대 중앙으로 걸어가 정중히 인사하고 피아노 의자에 앉는다. 손을 건반 위에 올리고 잠시 멈칫한다. 긴 정적이 흐른다. 나도 숨을 죽여 기다린다. 큰 숨을 들이쉰 딸은 이내 힘차게 Butterflies op. 59를 연주하기 시작한다.

내 손에도 땀이 난다. 숨을 죽인 채 두 손을 꼭 쥐고 딸의 연주를 바라본다. 딸의 손가락은 나비가 꽃을 톡 건드리듯, 건반 위를 미끄러지듯이 날아다녔다. 가벼운 날갯짓 같은 연주였다. 곡의 클라이맥스를 넘어서며 마지막까지 집중을 이어간다. 손가락을 최대한 벌려 여러 건반을 누른다. 마지막 음이 '둥' 하고 묵직하게 울려 퍼진다. 손을 들어 올리는 순간 관객석에서 박수가 쏟아진다.

이번 무대에는 딸을 포함한 모두 참가자들이 지난 6개월 동안 쌓아온 실력을 선보였다. 이제 막 시작한 학생, 1년 차, 3년 차, 5년 차, 전공자까지 다양하다. 모두 자신만의 속도로 걸어간다. 하루하루는 그 변화가 잘 보이지 않는다. 연주회 같은 특별한 날을 통해 한 단계 성장한 모습을 보게 된다. 딸의 실력도 눈에 띄게 자랐다. 많이 떨렸을 텐데 끝까지 해낸 딸이 자랑스럽다.

연주회를 마친 저녁, 가족끼리 식사하며 이야기했다. 딸의 멋진 피아노 연주를 축하하며 다시 한번 칭찬을 건넸다. 하지만 딸은 연습할 때보다 못 쳐서 아쉽다고 말한다. 나의 떨렸던 마음을 나누며 아들에게도 물었다.

"엄마가 더 떨렸어. 동생이 무대에 오르니까 너도 떨렸어?"

아들은 이렇게 답한다.

 나를 먼저 안아주기로 했어

"아니, 내가 왜 떨려? 내가 떤다고 동생이 더 잘 치는 것도
아니잖아."

순간, 머리를 한 대 맞은 느낌이다. 맞는 말이다. 아이가
피아노를 치면서 실수할까 조마조마했다. 내가 긴장한다고
아이가 더 잘 치게 되는 건 아니다. 그러니, 딸이 잘할지 말
지에 대한 걱정과 불안은 하지 않아도 될 일이다. 딸은 열렬
히 응원해 주는 것만으로 충분히 잘 해낼 아이다. 말로는 '실
수해도 괜찮아!'라고 말하면서도 마음속으로는 '제발, 실수하
지 않아야 할 텐데. 기왕이면 실수 없이 완벽하게 잘 해내면
좋겠어'라는 바람이 있었다. 그런 조바심이 표정이나 눈빛으
로 아이에게 전해지지 않았을까. 이제는 온전히 믿고 응원하
는 부모가 되고 싶다. 딸은 이미 자신의 몫을 훌륭하게 해낸
다. 걱정은 나에게도, 딸에게도 도움이 되지 않는다는 것을
기억하려 한다.

전전긍긍하며 살아갈 때가 많았다. 이런저런 걱정과 근심
속에 마음이 무겁기도 했다. 성경 말씀 중 〈마태복음 6:27〉
너희 중에 누가 염려함으로 그 키를 한 자라도 더할 수 있겠
느냐, 라는 말씀이 떠오른다. 염려로 변화시킬 수 있는 일은
많지 않다. 그러니 중요한 순간엔 현재에 집중하고 기꺼이
즐기는 게 중요하다. 긴장 대신 신뢰를 선택하기로 마음먹는
다. 좋은 배움과 깨달음을 주어서 고맙다고 아들에게 마음을

전해야겠다.

　매일, 행복을 놓치지 않는 방법 하나는 바로 글쓰기다. 나를 포함한 사람들이 행복을 놓치지 않기를 바라는 마음으로 글쓰기 챌린지를 운영하고 있다. 글쓰기 챌린지 주제 중 하나가 기억에 남는다. '내가 죽지 않고 사는 법-일상 속 나만의 즐거움 20가지 찾기'를 진행했다. 글쓰기 첫날, 제일 먼저 한 일은 내 인생의 즐거움을 목록으로 적어 보는 일이었다.
　다음의 목록을 적었다. '바람, 햇살, 길에서 만난 초록 잎사귀와 꽃, 산책, 여행, 영감을 주는 모든 것, 감동의 순간, 갓 구운 빵, 카푸치노, 떡볶이, 남이 해 준 음식, 글쓰기, 캘리그래피, 피아노 치기, 미술관 관람, 콘서트장 가기, 좋은 오일 향 맡기, 웃음소리, 수다, 선물, 편지, 안아주기, 가족 올림픽, 독서 모임, 고요한 읽기, 홀로 있음, 글쓰기 챌린지, 블로그 포스팅, 영어 암기, 공부, 새로운 시도'
　이 단어들을 적어 내려가며 가슴이 두근거렸다. 이후 20일 동안, 매일 이 목록 중 하나를 골라 글을 썼다. 나의 하루를 버티게 하는, 설렘을 주는 순간을 발견하는 시간이었다. 글을 쓰면서 미소가 지어졌다. 다른 참가자들 역시 자신만의 즐거움을 기록해 나갔다. 참가자들의 글을 읽으면서도 덩달아 행복해졌다. 사람들이 일상에서 꾸준하게 글쓰기를 하며

　　　　　　　　　　　　　　　나를 먼저 안아주기로 했어

자기 행복을 발견하면 좋겠다.

이전에는 하루를 마치고 잠을 자기 전, "아이고, 왜 그것밖에 못 했어. 왜 실수했어? 좀 더 잘했어야지." 이렇게 채찍질하곤 했다. 해야 할 역할들 중 어느 것 하나 소홀히 하지 않으려 애썼다. 이제는 잠자기 전 감사 일기를 쓰며 "잘했다, 하루 종일 애썼다. 너니까 해내고 있다"라고 나 자신을 격려하기 시작했다.

후회한다고, 걱정한다고 삶이 달라지는 건 아니다. 실수하지 않기를 바라는 마음보다, 실수해도 괜찮다는 마음을 먹는 게 위안이 된다. 우리에게는 채찍질보다 격려가, 조급함보다는 넉넉함이 필요하다.

글을 쓰며 배운다. 특별한 문장이 아니어도 괜찮다. 오늘의 기쁨과 감동을 놓치지 않고 기록하는 것 자체가 의미 있는 일이다. 행복은 멀리 있지 않다. 좋아하는 것을 누리는 하루하루가 결국 내 인생을 행복으로 채운다. 그러니 오늘도 이 무대를, 이 삶을 기꺼이 즐기며 살아간다.

②

마음의 쓰레기를 버리다

집에 돌아오니 거실 책상이 말끔하게 정돈되어 있다.

"오! 책상이 깨끗하다니. 이게 무슨 일이야?"

아이들은 아빠가 다 치우라고 해서 정리했다고 답한다. 해가 서쪽에서 뜰 날이다.

평소에는 책상 위에는 책이 너덧 권씩 펼쳐져 있고, 볼펜, 사인펜, 지우개는 물론 장난감 등이 어질러져 있다. 쓰레기가 아무렇게나 널브러져 있는 것을 보는 순간, 단전에서부터 불덩이가 치솟는다. 식탁 위에 다 먹은 과자봉지, 아이스크림 봉투와 막대, 책상 위 빵 봉투, 빵 부스러기, 거실 바닥에 사탕 껍질, 막대, 아일랜드 식탁 위에 온갖 종이와 플라스틱 병이 있다. 도대체 왜!!! 자기가 먹은 쓰레기를 치우지 않고 그대로 두는 걸까. 처음에는 나긋나긋한 목소리로 좋게 말한다. 몇 번 말해도 꿈쩍하지 않는 아이들을 보면 결국 폭발하게 된다.

"내가 언제까지 치워줘야 해? 몇 번을 말해?"

아이들에게 10분 내 정리 정돈을 마치라고 교관처럼 쩌렁쩌렁한 목소리로 명령한다.

비단 아이들만의 이야기가 아니다. 남편에게도 비슷한 잔소리를 한다. 주방에 문을 밀고 나가면 작은 준 주방이 있다. 넓은 상판과 작은 개수대, 오른쪽으로는 오븐, 커피 머신이 놓여 있다. 준 주방에 서면 창문 밖으로 초록 나뭇잎이 반짝인다. 봄에는 벚꽃잎이 흩날린다.

남편은 몇 해 전, 마들렌, 스콘 등 제빵을 배우러 다녔다. 빵에는 커피가 빠질 수 없다며, 드립 커피 내리는 법까지 배웠다. 빵틀, 드립 커피용 주전자 등 도구들을 사들이기 시작했다. 준 주방을 자신만의 공간으로 사용하고 싶다고 했다. 준 주방 하부장을 온갖 제빵 도구, 드립 커피용 도구로 가득 채웠다. 준 주방이 자기 소유가 된 지 한두 달까지는 아주 소중하게 다루는 듯했다. 깨끗하게 정리 정돈도 하고 각종 도구를 정리해서 걸어놓을 수 있도록 설치했다. 하지만 마들렌과 스콘을 두세 번 구웠을까. 밀가루가 비싸졌다는 핑계를 대며 2년 넘게 한 번도 굽지 않고 있다.

현재 그곳은 맛있는 빵과 향긋한 커피 대신 종이, 플라스틱, 캔, 비닐봉지가 자리를 차지하고 있다. 불과 다섯 걸음만 더 오른쪽으로 가면 베란다에 재활용 공간이 있다. 그 다섯 걸음이 귀찮은지 준 주방 위에 쓰레기를 쌓아둔다. 쓰레기뿐 아니라 간식을 좋아하는 남편은 과자류, 라면류를 잔뜩 사 와서 쌓아둔다.

그곳을 지날 때마다 속이 부글부글 끓는다. 쓰레기들을 재활용함으로 몇 번 옮기다가 '도대체 왜 이러는 걸까?' 투덜투덜, 남편에 대한 불만과 한숨이 올라왔다. 준 주방을 제빵과 커피 만드는 공간으로 사용하겠다는 야심 찬 포부는 온데간데없다. 이제는 쓰레기장으로 변해 버린 현실에 한숨만 나온다.

그나마 속이 후련해지는 날이 있다. 그날은 바로 일요일 재활용 버리는 날이다. 우리 단지 아파트는 일주일에 하루만 분리해서 수거하는 날로 정해져 있다. 그러다 보니 일주일간 종이, 플라스틱, 캔, 비닐봉지, 스티로폼을 베란다 한편에 모아두었다가 일요일에 배출한다. 일주일 사이 쓰레기가 얼마나 많이 모이는지 혼자는 다 들고 나가지 못할 정도다. 플라스틱을 줄이겠다고 텀블러를 들고 다닌다. 비닐 사용을 줄이겠다고 장바구니를 들고 다닌다. 그래도 이게 다 무슨 소용인가

　나를 먼저 안아주기로 했어

싶기도 하다. 큰 상자 2개 정도, 커다란 봉지 3개 이상으로
주말마다 재활용품들이 한 아름 쏟아져 나온다.

아이들에게 도움을 요청해서 함께 나간다. 나가서 종이는
종이 모으는 곳에, 플라스틱 봉투는 플라스틱 버리는 곳에
쏟아낸다. 비닐, 우유 팩, 캔, 병까지 분류해서 버린다. 가득
쌓인 쓰레기를 버리고 돌아오면 마음이 홀가분해진다.

재활용을 비우고 쓰레기통을 비우는 것처럼 우리 마음에
도 쌓이는 쓰레기들을 분리하여 배출해야 하지 않을까. 어느
새 쌓였는지도 모를 쓰레기들이 내 마음에 채워져서 악취를
풍기고 있을지 모른다. 쓰레기통 용량은 한계가 있다. 정기
적으로 비워내지 않고 계속 채울 수 없다.

생각이 많아 머리는 무겁고 어깨는 뻐근했다. 하지만 글쓰
기를 하면서 달라졌다. 쓸데없는 생각을 버릴 수 있게 됐다
는 점이다. 두려움은 실체가 없어서 두렵다. 더 정확히 말하
면 실체를 잘 모르기 때문에 공포감이 생긴다. 글을 쓰다 보
면, 모호하고 막연했던 실체들이 활자로 눈앞에 정체를 드러
내게 된다. 눈으로 확인한 결과 더 이상 무서워하지 않을 수
있다.

마음에도 쓰레기통이 필요하다. 마음도 한 번씩 정리하고

비워야 한다. 정리되지 않은 공간이 나를 괴롭히듯, 정리되지 않은 감정은 나를 무겁게 짓누른다. 글쓰기는 마음의 분리수거다. 원망, 짜증, 자괴감, 절망. 글을 쓰며 그 감정들을 하나씩 꺼내어 바라보고 분류하고 비워낸다. 비워진 마음에는 새로운 아이디어와 평화가 들어설 자리가 생긴다.

오늘도 나는 마음의 쓰레기통을 비운다.

(3)

소소한 걸음 소소한 행복

살다 보면 크고 작은 어려움이 예고 없이 찾아온다. 인생의 역경과 위기를 마법처럼 사라지게 하는 능력은 없다. 우리에게는 단지 그것을 이겨낼 힘이 있을 뿐이다. 그 힘은 크고 거창한 데 있지 않다. 생각보다 작은 일을 통해 견디게 된다. 사랑하는 가족의 따뜻한 포옹, 부드러운 카푸치노, 매콤달콤 떡볶이, 위로 가득한 책, 좋아하는 사람과의 수다, 주황과 보랏빛으로 물든 노을, 강가에 비치는 윤슬까지. 이런 일상 속 위로의 순간들이 나를 견디게 한다.

일상 속 위로의 순간을 만나는 데 산책만큼 좋은 게 없다. 몇 해 전 가슴에 돌덩이가 들어앉은 듯 묵직한 통증이 느껴졌다. 숨이 턱 막히고 짓눌리는 듯 답답했다. 몸은 천근만근 무거웠고, 타인의 시선과 기대는 실타래처럼 얽히고설켜 마음도 무거웠다. 해결해야 할 무거운 짐이 양어깨를 누르고 있었다.

산책하고 싶다는 말은 늘 '언젠가'로 미뤄졌다. 시간이 나면. 여유가 생기면. 퇴사하면, 은퇴하면 산티아고 순례길이나 제주 올레길을 걷고 싶다고 꿈꿨다. 특별한 길을 걷고 싶다고, 짙푸른 숲길이나 파도 소리가 들리는 해안가를 걷고 싶다는 마음이었다. 우리 동네는 평범해서 걸을 곳이 없다고 핑계를 댔다.

그러던 어느 날 불현듯 이런 마음이 들었다. 지금 걷지도 않으면서 나중에 그 먼 길을 걸을 날이 과연 올까. 멀리 떠나지 않아도 일상에서도 충분히 가능하다. 엄두를 내지 않았던 건 결국 내 마음의 문제 아니었을까.

갑갑함을 이겨내 보려고 무작정 걷기 시작했다. 틈나는 대로 걸었다. 한 걸음, 한 걸음 내디딜 때마다 마음에 돌덩이처럼 박혀 있던 짐이 길바닥에 툭, 툭 내던져졌다. 내 마음에 꽉 채웠던 근심과 걱정이 비로소 비워졌다.

그때부터 출근길을 활용하여 틈새 산책하는 방법을 찾았다. 아침 출근길, 지하철 한 정류장 먼저 내려 걷는 루틴이다. 도보로 30분 정도 소요되니 산책하며 출근하기 딱 좋은 거리다. 창동역 지하철에서 나와 조금 걷다 보면 50미터 정

     나를 먼저 안아주기로 했어

도 되는 작은 오솔길을 만난다. 아침마다 만나는 오솔길은 나만의 애틋한 공간이 되었다. 겨울에 접어들면 나뭇잎이 다 떨어져 황량해진다. 풀과 꽃도 모두 땅속으로 숨는다. 끝나지 않을 것 같은 추위 속에 나무와 풀, 꽃들도 생명을 잃고 죽은 듯하다. 하지만 죽은 게 아니다. 겨우내 잠시 휴면의 시간을 보내는 것뿐이다.

긴 겨울의 추위가 지나고 산들산들 봄바람이 분다. 봄바람과 함께 꽁꽁 얼어붙었던 땅이 녹기 시작한다. 단단한 나무 껍질을 뚫고 연둣빛 잎새들이 조용히 올라온다. 고요한 침묵을 깨고 꽃망울이 터진다. '나 여기 있지요?' 하며 빼꼼 얼굴을 내미는 색색의 꽃들도 사랑스럽다. 오솔길에 싱그러운 초록의 생명이 솟아 올라온다. 햇살이 뜨거워질수록 초록이 짙어진다. 뜨거운 뙤약볕을 흠뻑 받고 나서야 그 잎사귀들이 노란빛, 붉은빛을 띠기 시작한다. 고운 빛깔이 가득한 가을을 맞이한다. 자기의 시간을 다 보내고야 나뭇잎들은 땅으로 내려온다. 그새 겨울이 찾아와 앙상한 가지만 홀로 차가운 바람을 견딘다.

지저귀는 새소리, 한여름의 매미 소리, 나뭇잎 사이를 스치는 바람 소리. 아침마다 만나는 작은 오솔길은 계절마다 자기의 빛깔과 소리를 보여주는 공간이다. 똑같은 길이지만 매일 새롭게 태어난다. 계절에 따라, 식물은 자기만의 빛깔

을 보여준다. 같은 길이어도 어제의 나무와 오늘의 나무가
다르다. 어제의 공기와 오늘의 공기는 다르다. 변화하는 계
절 속에서 시시때때로 만나는 아름다움에 경이로움을 느낀
다. 나 또한 매일 이 길 위에서 새롭게 태어난다.

산책은 단순한 걷기를 넘어 삶의 철학이 되기도 한다. 철
학자 칸트도 매일 오후 3시 30분, 똑같은 길을 산책했다고
한다. 그가 지나가는 걸 보고 사람들이 시간을 맞췄다고 하
니 얼마나 철두철미했을까. 지금 보니 철학자 칸트는 산책을
루틴으로 삼아 철학을 발전시킨 것 아닐까. 나도 매일 아침
7시 30분 창동역에서 사무실까지 매일 걷는다. 이런 시간이
쌓이다 보면 누군가도 아침 산책하는 나를 보고 시간을 맞추
게 되지 않을까. 칸트와 닮은 아주 작은 조각 하나가 있다는
사실만으로도 슬며시 미소 짓게 된다.

산책하며 얻게 된 가장 큰 유익은 내 마음의 소리에 귀 기
울이게 되었다는 점이다. 소란하고 시끄러울 때는 들리지 않
았던 내 마음의 소리. 저 깊은 곳에 묻혀 있던 작은 소리가
그제야 비로소 들리기 시작한다. 몸 건강도 챙기고 마음 건
강도 챙길 수 있는 선물 같은 산책. 뜨거운 뙤약볕에도 불구
하고 지난한 인생길을 계속 걸어야 한다는 것을 배운다. 걷

다 보면, 예상치 못한 기쁨과 감격의 순간도 맞이한다.

오르막길의 벅참, 굽이굽이 이어지는 마을 길의 정겨움, 바람이 볼을 스칠 때의 상쾌함, 축축하고 비에 젖은 듯 초라하고 보잘것없어 보일 때도 있다. 다양한 인생의 모습을 닮았다. 산책길에서 바람과 햇살을 맞으며 깨달았다. 타인의 시선을 두려워하며 눅눅했던 삶도 햇살에 말린 빨래처럼 뽀얗고 뽀송해진다.

발이 닿는 곳을 걸을 때, 우리는 새로운 풍경을 만난다. 바람이 스치는 소리에 귀 기울이며 햇살의 온기를 느끼고 풀 내음, 꽃 내음을 맡는다. 산책은 나를 정리하고 회복하는 시간이다. 계절이 변하듯, 나도 변한다. 같은 길을 걸어도 어제와 오늘의 내가 다르다. 그 길 위에서 내 마음의 소리에 귀기울인다.

④

스스로 내디딘
한 걸음의 기적

우물쭈물, 머뭇머뭇. 갈팡질팡. 지금까지 살아온 삶의 모습을 표현하는 말이다. 생활 속 아주 사소한 일에서도 주저하고 고민할 때가 많았다. 점심식사 메뉴 고르는 것부터 커피 메뉴 고르는 것까지도 망설였다.

오늘 점심 식사 후 커피숍에 들어설 때까지만 해도 '다이어트를 위해 아메리카노를 마셔야지'라고 다짐했다. 막상 계산대 앞에 서니 생각이 바뀌었다. '이런 날은 달콤한 바닐라 라테가 필요하지'라며 주문했다. 카드를 꽂고 나서야, '아, 정말 죄송해요. 아메리카노로 바꿀 수 있을까요?'라고 번복한다. 이렇게 작은 일에도 쉽사리 결정을 내리지 못하고 엎치락뒤치락 번복한다. 작은 결정에도 이렇게 흔들리니 큰 결정 앞에서는 오죽했으려나.

　　　　　　　　　나를 먼저 안아주기로 했어

대학 3학년 사회복지 전공을 하던 중이었다. 사회복지를 배우다 보니 아동 상담, 가족 상담에 관심이 생겼다. 심리학 공부를 하면 도움이 되겠다 싶었다. 교내 전공을 살펴보니 교육심리학과가 있었다. '그래! 바로 이거다!' 싶어서 과 변경을 신청하기로 마음먹었다. 교무과를 찾아갔다. 과 변경 신청서를 받아 필요한 정보를 써넣었다. 담당 직원은 서류를 받으며 변경 후에는 다시 원래 학과로는 변경이 불가하다고 말한다. 알겠다고 하고 서류를 제출했다. 교무과를 나와 수업을 들으러 가던 중 문득 '아, 잘한 결정일까?' 갑자기 3년 동안 공부한 게 아깝다는 생각이 커졌다. 발걸음을 돌려 다시 교무과로 뛰어들어갔다. 조금 전 제출한 신청서를 돌려달라고 말했다. 돌려받은 과 변경 신청서를 가슴에 품고 복도를 저벅저벅 걸어 나왔다. 이 덕분에 사회복지 현장에서 지금까지 일할 수 있었다.

둘째를 낳고 6개월이 채 되지 않았을 때 일이다. 집 근처에 대학이 있었다. 교문 앞 현수막에 상담대학원 모집 공고가 걸려 있었다. 오래전 마음에 품었던 상담 심리 공부를 시작해 볼까? 대학원 접수 원서를 냈다. 면접도 보러 갔다. 결과는 합격이었다. 3월 입학하고 공부를 시작해야 하는데, 둘째가 아직 돌도 안 된 때였다. '작은 아기를 두고 어떻게 공부하려고 하는 거냐, 불가능할 거야'라는 생각이 내 발목을 잡았다.

하고 싶은 열망과 현실적인 생각이 내 안에서 격렬하게 충돌했다. 열망과는 달리 상황과 여건을 생각하면 못 할 이유와 핑계들이 줄지어 생겼다. '등록금은 어떻게 할래? 아이들은 어쩔 건데? 남편은 바쁜데? 도와주는 사람도 없잖아? 지금도 할 일이 많은데 공부까지 어떻게 하려고?' 등 여러 가지 걱정들이 꼬리에 꼬리를 물었다. 합격을 해두고는 결국 등록하지는 못했다.

반년이 흘렀다. 상담 공부에 대한 불씨가 사그라든 줄 알았다. 아니었다. 다시 타닥타닥 마음속에 불꽃이 타올랐다. 대학원 홈페이지에 들어가 봤다. 공부하라는 운명이었을까. 때마침 원서 접수 시기였다. 원서 접수 마감일이 하루밖에 남지 않았다. '그래! 이번엔 진짜 공부해 보자!' 원서 접수를 하고 면접에 갔다. 이번에도 합격이다. 이번에는 등록금까지 제대로 냈다. 스물두 살에 심리상담 공부를 하고 싶었던 마음. 그 불씨가 15년이 지났음에도 여전히 살아 있었다.

상담 공부를 시작한 뒤, 또 하나의 오래된 꿈이 떠올랐다. 바로 책을 쓰는 일이었다. 언젠가. 은퇴 후. 내 이름으로 책 한 권 내야지. 글을 써야지 하는 마음이었다. 어느 영어 공부

   나를 먼저 안아주기로 했어

카톡방에 들어갔다가 책 쓰기 무료 특강 안내를 보게 되었다. 우연한 기회에 알게 된 책 쓰기 무료 특강. 2022년 10월이었다. 특강을 들으며 내 모습을 보게 되었다. 생각만 있을 뿐 행동하지 않는 모습. 책을 내고 싶다는 마음만 있을 뿐이지 글 한 줄 전혀 쓰지 않았다. 마음만 있을 뿐, 행동하지 않는 모습. 미루고 미루다 결국 시작하지 않는 모습이었다.

글쓰기 특강을 들은 이후, 혼자 매일 글을 써야겠다고 생각했다. 언젠가는 그 글을 모아 책을 내겠다고 마음먹었다. 하지만 혼자 하려니 하루 쓰고 더 이상 진도가 나가지 않았다. 막막했다. 그해 11월 책 쓰기 무료 특강을 한 번 더 듣게 되었다. 책을 쓰기 위해서는 꾸준히 글을 쓰는 습관이 필요하다고 했다. 생각나는 대로 마구 쓰는 게 아니라 구조를 갖추고 짜임새 있게 글을 쓴다면 누구든 쓸 수 있다고 했다. 제대로 글을 쓰려면 생각 공부, 마음공부, 글쓰기 공부를 해야 한다. 정규과정에 들어가고 싶은 마음이 커졌다. 하지만 비용이 문제였다. 지금도 빠듯한 가계에 큰돈을 쓰는 일이 큰 부담으로 다가왔다. 12월 한 달 동안 책 쓰기 공부하고 싶다는 마음과 '자기 계발에 무슨 돈을 쓰냐?'는 마음이 시계추처럼 왔다 갔다 했다. 한 달 넘게 망설이고 있었다. 12월 31일, 한 해가 가기 전 새롭게 태어나고 싶은 마음이 커졌다. 반드시 달라지고 말겠다는 의지가 풍선처럼 부풀어 올랐다. 드디어 결단을 내렸다. 저녁 7시, 자이언트 북 컨설팅에 입과하겠다는 신청서를 제출했다.

2023년 1월, 정규 과정생으로 공부하기 시작했다. 매주 수요일 저녁마다 책 쓰기 공부를 한다. 책 쓰기 정규 과정에 입과 후, 생각만 하는 삶에서 행동하는 삶으로 달라지기 시작했다. 짧든, 길든 매일 글을 쓴다. 감사 일기를 매일 쓰고 있다. 읽은 후 서평을 쓰거나 읽은 내용에 나의 경험과 가치를 담아 글을 쓰고 있다.

내 안에 하고 싶다는 열망과 '할 수 없을 거야'라는 현실적 걱정이 늘 내 안에서 격렬하게 충돌했다. 15년을 망설였지만 결국 마음속에 자리 잡은 작은 불씨는 사라지지 않는다는 걸 알게 됐다. 더 이상 망설이며 살지 않으려 한다. 하겠다고 마음먹었다면 미루지 않고 즉시 행동하면 된다. 언제까지 우물쭈물하며 고민할 텐가. 그냥 하면 된다. 미루고 주저하면서 놓치는 게 얼마나 많을까. 인생은 저지르는 자의 것이다. 오늘도 '에라 모르겠다'의 정신이 필요하다.

망설임은 아무것도 바꾸지 못한다. 하지만 한 걸음 내딛는 용기는 내 삶의 풍경을 바꾼다. 완벽한 때를 기다리기보다, 지금 시작하는 게 필요하다. 마음속 작은 불씨를 외면하지

 나를 먼저 안아주기로 했어

않고, 행동으로 옮긴다면 전혀 차원이 다른 삶을 살게 된다. 오늘도 용기 내어 한 걸음 내딛기를 정말 잘했다.

5

사람을 사랑할 힘을 얻다

학과장이었던 A 교수는 붉으락푸르락 달아오른 얼굴로 학과실 문을 확 열어젖혔다. 그러고선 나에게 삿대질하며 버럭 소리를 질렀다.

"너 뭔데? 교수를 기만하고 말이야! 내일부터 당장 나오지 마!"

'기만'이라니. 이게 무슨 소리일까. 심장이 벌렁거렸다. 갑작스러운 A 교수의 고성에 머리부터 발끝까지 차갑게 얼어붙어 버렸다. A 교수에게 무슨 일인지조차 물을 수도 없었다. 눈물이 쏟아지려는 걸 간신히 참았다. 학과실에서 함께 일하던 두 명의 조교 역시 놀라서 그대로 멈춰 서 있었다.

그날 밤 어떻게 집에 돌아갔는지도 기억나지 않는다. 학교에서 출발하고 보니, 집 문 앞이었다. 집 문을 열고 엄마를 보는 순간 눈물이 왈칵 쏟아졌다. 스물네 살, 다 큰 딸이 어린아이처럼 엄마 품에 안겨 소리 내어 울었다. 엄마는 그저 나를 품에 꼭 안고 서럽게 우는 아기 달래듯 가만히 등을 쓰다듬어 주었다. 대학원 입학과 동시, 조교로서 작은 사회생활을 처음 경험하면서 쓰라린 상처를 입었다. 엄마 품에서 한참을 울고 나서야 잠이 들었다. 그날 밤 엄마의 품이 아니었다면 버틸 수 있었을까. 엄마의 따뜻한 품 덕분에 한고비를 넘겼다.

A 교수의 한마디 말로 그다음 날부터 학과 조교에서 해고됐다. 그동안 일한 3개월 치 임금도 받지 못했다. 학과실에 가보니, 새로운 조교가 내 자리를 정리하고 있었다. 나를 이렇게 갑자기 해고할 수는 없는 거라며 따지지 못했다. 다른 교수들에게도 도와 달라고 할 수 있었을 텐데, 그때는 아무런 생각이 떠오르지 않았다.

한참이 지난 후에야 사건을 알게 된 다른 교수들이 그때 도와주지 못해 미안하다고 말했다. 하지만 이미 돌이킬 수 없는 상황이었다. 이런 상황이 왜 나에게 생긴 것일까. 혼자서 울 뿐이었다. 교수는 당당하게 고개 들고 다니니 내 가슴속에 불덩이 같은 화가 치밀어 올랐다. 무엇보다 고통스러웠던 건 그 교수 수업을 듣고 있던 터라 매주 얼굴을 봐야 한다는 사실이었다. 그런데 가장 나를 힘들게 했던 건 교수에 대

한 원망보다, 나에 대한 자책의 목소리가 내 안에서 울려 나
온다는 것이었다. 이것이 나를 괴롭혔다. '왜 그랬어. 왜 바보
와 같이 당하고만 있었니.' 나를 원망하고 나무랐다. 쓰라리
고 찢긴 상처를 보듬기는커녕 나를 괴롭혔다.

그로부터 15년이 지나 다시 가족 상담 공부를 시작하게 됐
다. 상담 수업 시간, 내가 먼저 내담자가 되어 나의 이야기를
해 보는 경험을 했다.

담당 교수는 나에게 물었다.

"그게 조보라 선생님 잘못인가요? 왜 항상 본인 탓을 하는
것 같이 보이는데 어떻게 느끼나요?"

차분하지만 날카로운 질문으로 내 폐부를 찔렀다. 잠자던
내 내면의 억울함과 자책하는 마음이 일렁거렸다. 참고 인내
하는 게 미덕이라 여기며 살아오고 있었다. 부당한 일이 있
어도 참아야 하는 게 미덕이라고 여겼다. 심지어 그 상황에
서도 내 잘못을 찾으며 자책했다. 교수는 나긋한 목소리였지
만 단호하게 이야기해 주었다.

"그건 조보라 선생님 잘못이 아니에요. 자기 자신을 자책
하기보다 자기 자신을 잘 돌봐주세요. 슬픔을 덮어두려고 하
면 해결되지 않고 더 곪아버리죠. 자신의 목소리를 내는 사
람이 되면 좋겠어요!"

　　　　　　　　　　　　나를 먼저 안아주기로 했어

목소리 내는 게 두려워 참을 때가 많았다. 많은 사람의 시선을 신경 쓰느라 정작 내 목소리는 잊어버렸다. 사랑이 담겨 있는 목소리. 나를 진심으로 걱정하고 공감하는 눈빛으로 해 주는 삶의 지혜가 나를 새롭게 태어나게 했다.

졸업 후 몇 해가 지났다. 어느 어린이날, 카톡 메시지가 날아왔다. 상담 수업 담당 교수였다. 아이들과 외식하라며 용돈과 함께 격려 메시지를 보내주었다. 교수가 학생을 챙기는 경우가 있다니. 오히려 먼저 더 챙겨드리지 못한 송구한 마음이 들었지만, 감사한 마음이 더 컸다.

값없이 주는 사랑을 감사히 받기로 했다. 받은 사랑을 마음에 새기며 나도 사랑을 흘려보내는 사람이 되기로 마음먹었다. 오늘따라 따뜻하고 온화한 교수의 얼굴이 내 마음에 두둥실 떠오른다.

부당한 일을 겪기도 하고, 그 일을 통해 상처받기도 한다. 그 상처를 회복하기 위해서는 상처 크기보다 더 큰 사랑과 위로가 필요하다. 그 사랑은 내가 잘해서, 뛰어나서 받는 게 아니다. 가만히 내 삶에 흘러들어오는 값없는 사랑을 받아들인다. 사랑을 만나니 상처는 빛나는 별이 된다.

받은 사랑 덕분에, 다른 사람을 사랑할 힘이 난다.

　　　　　　　　　　　　　　　　　나를 먼저 안아주기로 했어

6

나는 행복 디자이너

사무실이다. 해야 할 일이 틈틈이 비집고 들어온다. 엑셀을 켜고 사업 예산을 정리하면서 숫자를 맞추는 중, 전화가 울린다. 한 손으로 전화를 받으며 상대방의 요청 사항을 받아적는다. 통화를 마치자마자 관련 파일을 열어 요청 사항을 확인한다. 다시 전화를 걸어 답변한다. 그런데 통화가 끝나기도 전에 직원이 내 자리에 와서 기다리고 있다.

"내일모레 진행하는 회의 준비는 어떻게 할까요? 외부 사람들이 오다 보니 자리 배치가 고민이 돼요."

회의 순서와 안건을 이야기 나눈다. 자리 배치도 1안, 2안 논의한다. 그사이 또 다른 직원이 다급한 얼굴로 다가온다.

"정말 죄송한데요. 결재가 급해서요. 지금 바로 회신해야 해서 먼저 결재해 줄 수 있을까요?"

먼저 이야기 나누던 직원에게 양해를 구한다. 전자결재 문서를 열어 검토 후 승인 버튼을 누른다. 기다리던 직원에게 다시 말을 건다.

"아, 우리 어디까지 이야기했지요? 아, 맞다. 자리는 이렇게 배치합시다."

같이 좌석 배치 그림을 그리며 논의한다.

결국 처음 작업하던 예산서는 마무리하지 못한 채, 밀려드는 업무를 찔끔찔끔 처리하며 시간이 흐른다. 일을 제대로 매듭짓지 못한 채 똥 마려운 강아지처럼 우왕좌왕한다. 해야 할 일을 끝내지 못하면 마음이 분주해지고, 안절부절못한다. 몸이 열 개라면 얼마나 좋을까. 동시에 여러 업무를 처리할 수 있을 텐데.

19년 차 직장인이지만 여전히 좌충우돌하며 헤맬 때가 많다. 수많은 업무를 어떻게 하면 똑 부러지게 해낼 수 있을까 여전히 고민한다. 몸이 하나다. 그러니 결국 하나씩 할 수밖에 없다. 일을 제대로 처리하려면 하던 일을 마친 후 다음 일을 시작하는 게 필요하다. 우선순위에 따라 순서를 바꿀 수는 있겠지만, 동시에 네 가지 일을 처리할 수는 없는 노릇이다. 우리는 그 순간, 단 하나의 일에 집중해야 한다. 순서를 정하고 하나씩 해내는 습관을 들이면 매듭지으며 일할 수 있

　　　　　　　　　　나를 먼저 안아주기로 했어

게 된다.

'진행하던 업무 마칠 때까지 다음 업무를 시작하지 않는다.'라는 원칙을 세워보았다. 하루에 10개 업무를 해야 한다면 각 업무의 순서를 정하고 그 순서대로 진행한다. 중간에 끼어드는 업무가 위급한 일이 아니라면 '잠깐만요! 10분 후에 이야기 나눌게요!'라고 말할 용기가 필요하다. 그리고 그사이에 하던 업무를 초고속으로 마치기 위해 집중해야 한다. 시간이 오래 걸리는 업무라면 '오후 2시에 시간이 나는데, 그때 얘기해도 될까요?'라고 답변해 보기 바란다. 작은 습관 하나가 업무의 질과 태도를 바꾼다.

일을 잘 해내기 위해 새로운 업무 습관이 필요한 것처럼, 일상에서도 나 자신을 잘 돌보기 위한 습관이 필요하다. 당신은 지금 어떤 습관이라는 옷을 입고 있는가? 습관은 원래 의복이나 옷을 의미했다. 결국 당신이 어떤 옷을 입을지는 당신이 결정할 수 있다는 말이다. 옷장이 가득 차 있어도 익숙하고 편한 옷만 골라 입듯, 우리는 기존의 습관을 쉽게 벗어던지지 못한다. 하지만 지금의 삶이 만족스럽지 않다면, 그 옷을 바꿔 입어야 할 시기다.

처음 입는 옷 스타일은 어색하고 낯설 수 있다. 자주 입다 보면 익숙해지고 결국 나만의 스타일이 된다. 더 나은 삶을 위해 새로운 습관을 시작해 보자. 익숙했던 낡은 습관을 벗어던지고, 새로운 습관을 들일 용기가 필요하다.

오늘 하루를 잘 버티기 위해 시도하고 있는 습관 몇 가지를 소개하고자 한다.

첫째, 만나는 사람들에게 미소 짓는 습관이다. 유튜브 운동 채널을 즐겨 본다. '땅끄부부, 빅씨스, 힙으뜸'은 내가 좋아하는 운동 크리에이터들이다. 이중 '땅끄부부'는 고강도 동작을 하면서도 시종일관 환한 미소를 짓는다. 어떻게 그럴 수 있을까? 바로 습관의 힘이다.

아침 운동을 따라 하며 힘들다는 이유로 인상을 찌푸리곤 한다. 거울 속 내 얼굴이 어둡고, 칙칙해 보일 때마다 표정을 고치며 미소를 지어본다. 매일 미소 짓기를 반복하다 보면, 내 얼굴도 땅끄부부처럼 '웃는 얼굴상'으로 바뀌지 않을까?

사무실에 출근해서 명랑하게 인사하며 미소 짓는다. 식당이나 카페에서도 '감사합니다'라는 인사와 함께 미소를 띤다.

둘째, 삶의 기록을 남기는 습관이다. 읽은 책, 들은 말을 메모장에 기록하기도 한다. 다이어리, 노트, SNS 모두 좋다. 자기 전에 '하루 감사 세 가지'를 적는다. 꼭 특별한 일이 있어야만 하는 건 아니다. 아침에 눈 뜬 것, 무사히 출근하는 것,

　　　　　나를 먼저 안아주기로 했어

지하철 놓치지 않은 것. 당연한 일도 감사의 대상이 된다.

힘든 일이 있어도 그 속에서 배움을 기록하면, 고난도 감사로 바뀐다. 매일 기록하며 좋은 하루를 새기다 보면 내 삶의 작은 행복이 차곡차곡 쌓인다.

셋째, '왜 이 모양이야'라고 자책하지 말고, '최선을 다했어, 괜찮아'라고 자신에게 말한다. 예상치 못한 상황이 생기면, '그럴 수도 있지'라고 너그러운 마음을 갖는다. 부정적인 생각이 올라올 때마다 '안 돼'보다 '어떤 방법이 있을까?'라고 묻는다. 이런 습관을 익히면 삶의 무게를 조금은 가볍게 들고 걸어갈 수 있다. 거창한 모습이 아니더라도 각자의 자리에서 최선을 다하고 있으니, 우리는 충분히 칭찬받을 자격이 있다. 오늘 아침, 집에서 하는 운동을 하며 거울을 보며 말했다.

"조보라! 진짜 대단하다! 아침에 일어나기 힘든데, 스쾃을 100개나 한다고? 집에서 하는 운동을 매일 한다니. 지금도 근사하고 앞으로도 멋지게 살 거야!"

그동안 자책과 비난에 익숙했던 나에게 스스로 칭찬을 건넨다. 하루를 마치고 샤워할 때나 침대에 누웠을 때 자신을 격려하며 내 어깨를 토닥인다.

자신에게 칭찬을 건네 보았는가? 처음에는 쑥스럽고 낯설어서 닭살이 돋을지도 모른다. 나 역시 처음엔 몸이 간지럽고 배배 꼬이는 기분이었다. 늘 채찍질과 꾸중에 익숙했던 나에게 스스로 칭찬은 어색하기만 했다. 하지만 열심히 애쓰는 나를 나 스스로 알아주지 않으면 누가 알아주겠는가?

새로운 옷을 골라 입고 출근할 때의 설렘처럼 새로운 습관 들이기를 기쁘게 여긴다. 나는 행복 디자이너다. 어떤 습관으로 나를 디자인할까. 오늘은 칭찬, 미소라는 습관을 골라서 내 몸에 걸쳐본다. 꽤 잘 어울린다.

⑦

더 큰 세상이 나를 기다리다

매일 아침 눈을 뜨면 운동을 한다. 이때 영어 대화를 틀어 놓는다. 많이 들어야 귀가 열린다고 하기에, 이 시간을 활용한다. 운동을 마친 후에는 영어 회화 두 문장을 외우고 암기한 내용을 녹음한다. 이 녹음파일을 함께 영어 공부하는 구성원들에게 보낸다.

영어 공부는 독서 모임원 Y의 제안 덕분에 시작하게 되었다. 2024년 1월 1일부터 시작했으니 어느덧 700일이 넘었다. 뒤돌면 잊어버리는 문장이 많다. 당장 기억나지 않더라도 내 기억 저장소 어딘가에 차곡차곡 쌓여 있으리라 믿는다. 이렇게 3년, 5년, 10년 쌓이면 언젠가 귀와 입이 열릴 날이 오지 않을까.

이 꾸준함은 나 혼자였다면 결코 해낼 수 없는 일이다. 함께하는 회원들이 있었기에 가능하다. 매일 아침 두 문장을 외우는 작은 습관은 내게 새로운 꿈을 꾸게 하는 씨앗이다. 영어를 자유롭게 구사하며 세계 여행을 하는 모습을 상상하게 됐다.

헨리 데이비드 소로의 『월든』을 읽고, 버킷리스트에 하나를 더 추가했다. 바로 소로가 머물렀던 월든 호수를 직접 가 보고 싶어졌다. 미국 여행을 가서 월든 호숫가를 걷고 있는 내 모습을 상상해 본다. 소로가 말한 대로 여전히 맑고 투명한 호수이려나. 언젠가 나도 월든 호숫가에 발을 담그며 '소로 선생님! 저, 조보라 여기 왔습니다.' 나지막이 말할 날을 꿈꾼다.

60세 은퇴 이후에는 해외에서 1년 살이 하는 꿈도 꾼다. 기왕이면 그곳에 가서 상담 공부를 해 보거나, 시니어 인턴으로 일해 보고 싶은 생각도 든다. 『월든』의 헨리 데이비드 소로가 2년 2개월, 월든 호숫가에서 생활하며 글을 썼듯 나도 새로운 마을에서 지내면서 경험한 일에 대해 글을 써 보고 싶다. 이런 상상을 하다 보면 마음이 설렌다. 영어 공부를 하지 않았다면 꿈도 꾸지 못했을 일이다. 매일 단 두 줄의 문장을 외웠을 뿐인데, 내 세상이 지구 반대편까지 넓어진다.

꾸준함은 영어 공부에만 국한되지 않는다. 2024년 10월부터 시작한 글쓰기 챌린지는 어느덧 19기가 되었다. 매월 참

     나를 먼저 안아주기로 했어

가자를 모집하고 21일 동안 꾸준히 글을 쓸 수 있도록 격려하는 일을 하고 있다. 말로만 글을 쓰라고 하지 않고, 나부터 먼저 글 쓰는 모습을 보여주고 있다. 아침 7시 30분 무렵, 오픈채팅방에 글쓰기 인증을 남긴다.

2025년 7월 글쓰기 챌린지 주제는 '사물 글쓰기'였다. 이번에는 어떤 내용을 써야 하나 고민하던 중, 얼마 전 가족 회의에서 나왔던 이야기가 떠올랐다. 가족이 함께하고 싶은 활동을 정하는 자리였다. 여행, 나들이뿐 아니라 집에서 할 수 있는 활동을 찾아보았다. '가족 장기자랑 대회, 3행시 짓기 대회, 보드게임, 가족 올림픽' 등 여러 의견이 나왔다. 그중 3행시 짓기 대회는 딸이 낸 아이디어였다.

딸에게 물었다.

"7월 글쓰기 챌린지에 너도 도전해 볼래? 3행시 짓기 해 보자고 했잖아. 우리 같이 써 보자! 21일 완주하면 만 원 선물로 줄게."

딸의 눈이 반짝였다. 만 원이라는 선물에 흔쾌히 참여하겠다고 한다. 함께 책상에 앉았다. 우리가 자주 쓰는 사물을 적어보았다. 그중 3행시에 어울리는 세 글자 사물을 찾아봤다.

'노트북, 피아노, 휴대전화, 충전기, 이어폰, 선풍기, 에어컨, 냉장고, 건조기, 책꽂이, 독서록, 바구니, 에코백, 자전거, 보호대, 리모컨, 네임펜, 성경책, 화장지, 물티슈, 티셔

츠, 운동화, 양배추, 토마토, 육개장, 고구마, 오만 원'

생각보다 세 글자 사물이 많았다. 토마토, 양배추, 육개장, 고구마도 사물일까? 딸과 함께 검색하다가 궁금한 마음에 정의를 찾아보았다. 사물은 일과 물건을 아울러 이르는 말로 물질세계에 있는 모든 구체적이며 개별적인 존재를 통틀어 이르는 말이라고 한다. 그렇다면 이들도 사물이 맞구나! 하면서 함께 글쓰기 목록을 작성했다.

거창한 글이 아니더라도 써 보는 데 의미가 있다고 딸을 격려했다. 사실 그 말은 나 자신에게도 건네는 말이었다. 21일간 딸과 함께 3행시를 짓는 작업은 즐거웠다. 같은 제시어를 가지고도 전혀 다른 글이 탄생했다. 긴 글보다 부담이 적고, 즉흥으로 떠오르는 내용을 담는 재미도 있었다. 제시어에 어울리는 단어를 고르고 흐름에 맞는 내용을 만들다 보면 어휘력과 문장 구성력도 자연스럽게 향상된다.

딸은 21일 글쓰기에 성공했고 완주 축하금도 받았다. 딸의 글은 기발하고 재치가 넘쳤다. 때로는 뭉클하고 감동적이기도 했다. 내 글과 딸 글을 함께 블로그 포스팅에 올리니 사람들은 딸의 3행시에 더 많은 관심을 두었다. 딸도 뿌듯한 미소를 지었다.

딸과 쓴 3행시 글을 정리하려 한다. AI를 활용해서 만든 그림과 사진도 담을 예정이다. 내 이름과 딸 이름을 함께 넣어

   나를 먼저 안아주기로 했어

전자책으로 발간하고 싶다. 글쓰기를 시작한 이후, 전혀 경험하지 못한 새로운 세상이 보이고 열린다.

글쓰기 챌린지의 또 다른 매력은 챌린저들의 글을 읽으며 내 세상이 넓어진다는 점이다. 직접 가보지 않았더라도, 다른 작가의 글을 통해 그 세상을 함께 경험한다. 탄자니아 기차를 타고 함께 달린다. 필리핀 아이들과 함께 웃는다. 일본 오사카에서 맛없는 메밀국수를 질겅질겅 씹는다. 챌린저들이 경험한 사람, 공간, 사물이 내 삶에도 물결을 일으킨다.

사물 글쓰기에 참여한 챌린저들의 삶이 더 생생하게 다가왔다. 자주 사용하는 사물에 관심을 기울이게 되었고 그 안에 담긴 추억, 관계, 마음을 만날 수 있었다. 사물은 인생을 담고 있었다. 그 사람의 태도와 삶을 배울 수 있는 또 다른 세상이었다.

만나는 사람들에게 글을 써 보라고 권한다. 그럴 때마다 돌아오는 반응은 비슷하다.

"아휴, 저 같은 사람이 무슨 글을 씁니까. 저는 글 못 써요."

겁을 내고 주저한다. 9살 아이도 할 수 있는 게 글쓰기다. 거창하고 어려운 일이라고 생각하면 시작하기 두렵다. 단 세 줄도 좋다. 무작정 시작해 보면 생각보다 쓸 이야기가 많다는 사실 알게 된다.

글을 쓰기 위해서라도 자신의 하루를 더 자세히 보기 시작한다. 안 보이던 것들이 보이기도 하고, 들리지 않던 소리가 들리기 시작한다. 더 많이 보이고 들리니 쓸 거리도 많아진다. 밀도 높은 하루를 보낼 수 있다.

똑같은 하루를 살아도 더 깊이 보고 더 넓게 들을 수 있다면 우리 삶은 훨씬 풍성해진다. 글쓰기는 풍요로움을 만들어주는 도구다. 특별한 재능이 없어도, 문장이 완벽하지 않아도 괜찮다. 중요한 건 시작하는 용기다. 삶을 바라보는 따뜻한 시선이 있다면 금상첨화다. 이 시선을 가지고 글을 쓴다면 더할 나위 없이 아름다운 글 꽃이 피어나리라 믿는다.

(8)

그저 나의 삶을 살아가기

휴대전화에 '저장공간 부족'이라는 메시지가 자꾸 뜬다. 카메라를 켜보니 찍을 수 있는 사진이 이제 60장뿐이라고 표시된다. 그래도 나의 사진찍기 열정은 막을 수 없다. 걷다가 자꾸만 발걸음을 멈춘다. 예쁜 빛깔의 초록 잎과 꽃이 눈에 들어오기 때문이다. 길을 걸으며 꽃, 풀을 찍다 보니 사진첩은 어느새 꽃과 초록으로 가득 찼고 휴대전화 용량이 부족할 지경이다. 오늘 아침에도 비에 젖은 담쟁이넝쿨을 카메라에 담았다.

어렸을 때는 어르신들 사진첩과 프로필에 왜 꽃 사진이 많은지 의아하게 생각했다. 그런데 어느새 나도 그렇게 되었다. 꽃이 참 예쁘다. 8월, 보랏빛 맥문동이 한창 피어있을 때 길을 걷다가 쪼그려 앉아 사진을 찍기도 했다. 길게 뻗은 줄기에 작은 꽃잎들이 알알이 모여있는 모습. 그 꽃을 바라보며 머무는 몇 초 동안 나는 행복해진다.

이 세상의 모든 할머니, 할아버지가 꽃을 좋아하고 꽃 사진을 찍지는 않을 테다. 길을 걷다가 고운 꽃에 마음을 주고 아름다움을 발견하는 사람만이 그 순간을 누릴 수 있다. 고운 것에 시선을 멈추고 마음에 담을 때 우리도 점점 고와지지 않을까.

이번 봄에도 활짝 만개한 벚꽃 나무 아래에서 벚꽃을 바라보았다. 하얀 핑크 꽃망울들이 펑펑펑 터져 내 마음에도 폭죽을 터트린다. 이 아름다움이 영원하면 얼마나 좋을까. 아쉽게도 벚꽃도 잠시뿐이다. 1년을 기다려 열흘 남짓 자신의 아름다움을 뽐내고 사라진다. 그저 자신의 시간을 살아가며 장렬하게 피었다 진다.

벚나무는 뙤약볕이 내리쬐는 여름을 견딘다. 서늘한 가을을 보내며, 칼바람 부는 겨울을 버텨낸다. 그리고 비로소 봄에 꽃을 피운다. 그 시간도 잠시, 꽃은 지고 다시 외로운 계절을 맞는다. 봄이면 수많은 사람이 찾아오지만, 그 이후에는 사람들이 쳐다보거나 특별한 관심을 기울이지 않는다. 어쩌면 그 나무가 벚나무인지도 잊었을지 모른다.

매년 같은 자리에 서서 잎을 틔우고 꽃을 피우는 나무. 벚꽃이 '봄에 꼭 꽃 피워야지!'라고 결심하며 사는 건 아닐 것이

　　　　　　　　　　나를 먼저 안아주기로 했어

다. 그저 자신의 시간을 살아가는 과정에서 꽃이 피어날 뿐
이다.

드라마 〈슬기로운 의사생활〉에서 기억나는 장면이 있다.
소아과 전문의 안정원을 맡은 유연석 배우는 형 역할을 맡은
성동일 배우와 함께 매년 연말을 보내며 같은 장소에서 술을
마신다. 매년 반복되는 레퍼토리다.
"의사 그만둘 거야! 나는 자격이 없어, 돌팔이야, 실력도
없고."
동생은 울고불고하며 생떼를 부린다. 형은 그저 안주를 질
겅질겅 먹으며 묵묵히 듣는다. 그리고 단 한마디를 던진다.
"1년만 더 하자."
그 말에 다시 한 해를 버텨낸다. 안정원은 평소 아이들에
게 다정하고 치료에 최선을 다하는 의사다. 그만두고 싶다고
울며 말하는 그는 진짜 그만두겠다는 뜻이 아니었다. 한 명
이라도 더 살리고 싶은 마음, 제대로 된 실력을 갖추고 싶은
또 다른 열망의 표현이었다. 자신의 부족함을 마주하며 성장
하려는 몸부림. 그것이 진짜 전문가의 모습 아닐까.

학대 피해 아동과 가족을 돕는 일을 하고 있다. 2008년 처
음 업무를 맡았을 때 잘 알지도 못했고 큰 뜻도 없었다. 그저

발령받은 낯선 업무일 뿐이었다. 3년 9개월 후 다른 부서로 옮겨 전혀 다른 일을 하게 되었다. 학대 피해 아동 업무와는 결별할 줄 알았다. 전혀 다른 업무를 하면서 까맣게 잊었다. 육아 휴직 4년을 마친 후 다시 아동 학대 업무로 돌아왔다.

그 사이 법과 제도, 정책, 지침까지 많은 것이 달라져 있었다. 마음은 조마조마했고 겁이 났다. '이럴 줄 알았으면 차라리 이 업무를 계속했으면 좋았을걸.' 아쉬움도 들었다. 동기들은 10년 넘게 이 분야에서 경력을 쌓으며 전문가가 되어 있었다. 그 모습은 당당하고 멋져 보였다. 나 역시 중간에 부서를 옮기지 않았다면, 휴직하지 않았다면 더 많은 경력을 쌓고 지식을 쌓았을 텐데. 비교하니 자신감이 떨어졌다.

시간이 참 빠르다. 2019년이 엊그제 같은데, 벌써 7년이 흘렀다. 나 역시 자연스레 10년 넘는 경력이 쌓였다. 동기들의 10년 경력은 멋져 보였는데, 내 10년은 왜 작고 초라하게 느껴질까. 아직도 모르는 게 많고 부족하게 느껴진다.

당당하고 능력 있는 모습이면 얼마나 좋을까. 학대 피해 아동과 가족의 문제를 뚝딱 해결해 주고 싶고 변화를 일으키고 싶다. 하지만 현실은 그렇지 않다. 내 욕심일 뿐이다.

가족이 잘 살도록 돕고 싶지만, 해결책이 보이지 않을 때도 있다. 쳇바퀴처럼 반복되는 상황 속에서 내가 답을 가지고 있지 않다는 걸 배운다. 그래서 더 겸손하게 배우고 기도한다. 뾰족한 답이 없어도 더 천천히 깊이 이해하고 다가갈 때 실마리를 찾는다.

지금 느끼는 불만족은 더 나아지고 싶은 마음의 증거라는 걸 알게 되었다. 전문가란 확신에 차 있고 당당하기만 한 존재가 아니라 부족함을 마주하며 흔들리더라도 꿋꿋이 앞으로 나가는 존재다.

제주 여행 중 사려니숲길에서 달팽이를 만났다. 가다가 밟을 뻔했지만, 다행히 발걸음을 멈추고 지켜보았다. 아주 느리게 천천히 가는 달팽이를 보면서 '사람이 밟지 않는 길 한쪽으로 옮겨줄까?' 하는 마음이 들었다. 작은 나뭇가지로 살짝 밀어봤다. 하지만 달팽이는 전혀 아랑곳하지 않고 자기 속도로, 자기 길을 갔다. 달팽이를 통해 배운다. 채근한다 해도 흔들리지 않기를. 조급하지 않으며 자신의 시간을 살아가는 게 필요하다.

수많은 사람에게 사랑받는 벚꽃도 항상 피어있을 수 없고, 항상 아름다울 수 없다. 그런데 우리는 '항상 이래야 한다'라는 기준을 들이밀며 스스로 채근하고 구박할 때가 많았다. 항상 잘 해내길, 항상 성공하길, 항상 아름답기를 바란다. 나 역시 실수 없이 실패 없이 살아가길 바라며 온몸에 힘을 주고 살아간다. 그러다 보니 긴장 상태로 나를 들들 볶았다.

오늘 꽃이 피지 않는다고 초조해하지 마라. 지금은 겨울이다. 꽃잎이 떨어지는 게 아쉽더라도 꽃이 떨어지는 시기도 있다는 걸 받아들이자. 적절한 시기와 때가 있다. 마음의 여유를 가지고 그저 자신의 시간을 살아가기를 온 마음을 다해 응원한다.

　　　　　　　　　나를 먼저 안아주기로 했어

삶의 무게를 내려놓고 나를 돌보는 용기를 내다.

천장이 빙글빙글 돌아간다.

오전 9시 30분, 수술실. 간호사는 내 팔을 주무르며 이제 곧 마취약이 들어간다고 말한다. '고맙습니다'라고 말하기도 전에 정신이 아득해진다.

간호사가 이번에는 나를 흔들어 깨운다.

"눈 뜨셔야 해요. 잠들면 안 돼요. 계속 눈 뜨세요."

전신마취에서 깨어나야 하니 정신 차리라고 한다. 4시간 동안 잠들지 말고 버티라고 하는데 눈꺼풀이 자꾸만 감긴다. 까무룩 잠에 빠진다. 배는 아프고 '으아 억' 낮은 앓는 소리만 나온다. 옆에 있는 남편은 중간마다 나를 깨우지만 소용이 없다.

오후 5시, 주치의가 병실에 왔다. 수술은 잘 마쳤고 난소

혹을 잘 떼냈다고 한다. 다행히도 난소는 떼어내지 않고 잘 보존했다고 한다. 여러 설명을 덧붙이는데 의사의 말이 '삐~~~' 아득하게 들린다. 무통 주사를 맞고 있는데도 아랫배 통증은 고통스럽다. 머리는 어질어질, 뱅그르르. 소변줄과 링거줄에 묶인 채, 나는 꼼짝없이 누워있는 신세가 되었다.

불과 한 달 전까지만 해도 이런 상황은 상상조차 하지 못했다. 건강을 위해 700일 넘게 매일 15분 홈트와 스쾃 100개를 해 왔다. 단 것도 줄이고 채소를 챙겨 먹으며 야식도 끊었다. 누구보다 열심히 건강 관리를 하고 있다고 생각했다. 그런데 이게 무슨 날벼락인가.

정밀 건강 검진을 받았다. 난소, 자궁, 유방, 갑상샘까지 혹이 발견됐다. 다행히 자궁과 유방, 갑상샘에 있는 혹은 1년 안에 추적 검사만 하면 된다고 했다. 하지만 난소 혹은 조직 검사가 필요하다고 했다. 결국 대학 병원으로 의뢰되어 수술 받게 되었다. 수술 후, 조직 검사 결과를 기다렸다. 별일 없을 거라고 마음먹다가도, 혹시 암이면 어쩌나. 마음이 오르락내리락했다.

조직 검사 결과 들으러 간 날, 의사의 한마디를 듣기까지 초조했다.

"조직 검사 결과 볼게요. 다행히 암 아니에요."
그 말에 안도의 숨을 내쉬며 가슴을 쓸어내렸다.

늘 웃는 얼굴로, 실수 없이, 모두에게 친절한 사람이어야
한다는 압박 속에서 나를 옭아매고 있었다. 좋은 사람이라는
기준 아래, 얼마나 많은 마음이 조용히 무너지고 있었던가.
타인의 시선에 나를 맞추느라, 정작 내 마음은 오래도록 방
치되어 있었다.

글을 쓰며 알게 됐다. 무엇보다 중요한 건 나의 마음과 몸
이라는 사실을. 이 깨달음은 끝이 아니라 시작이다. 이제 나
를 돌보는 삶을 선택한다. 그 시작은 거창하지 않다. '퇴근하
겠습니다'라고 말할 수 있는 용기, '토닥토닥, 쓰담쓰담' 글을
쓰며 내 마음을 어루만지는 하루, '그저 나의 삶을 살아가기'
로 마음먹으며 타인과 비교하지 않는 마음이 필요하다.

김주환 교수의 "내면 소통" 강의를 들었다. 우리 몸에는 매
일 수천, 수만 개의 암세포가 생긴다고 한다. 면역 시스템이
암세포를 억제하고 눌러준다. 이 글을 쓰는 지금도 내 몸 곳
곳에 암세포는 생겨나는 중이다. 그러면 매일 생기는 이 암
세포를 어떻게 이겨낼 것인가. 바로 면역 시스템을 잘 유지
하는 것이 중요하다.

조직 검사 결과를 듣고 새 삶의 기회를 얻은 기분이다. 처

음 수술해야 한다고 들었을 때, '그동안 해 온 건강 루틴이 무슨 소용인가?' 싶었다. 하지만, 건강 루틴은 단순한 습관이 아니라 내 몸을 지키는 방패였다. 그 덕분에 암세포가 커지지 않고 조절될 수 있었구나! 알게 된다.

불과 3년 전에만 해도 나쁜 습관이 많았다. 매일 바닐라 라테 같은 단 음료를 마셨다. 일하면서 초콜릿, 과자를 입에 달고 살았다. 식사 후 디저트 배는 따로 있다며 빵과 케이크를 먹었다. 밤 10~11시 맵고 짠 야식으로 떡볶이, 곱창을 먹었다. 야근 및 새벽까지 일하는 습관. 충분하지 않은 잠까지. 건강이 무너질 수밖에 없었다.

이랬던 내가 건강 루틴을 시작하며 매일 아침, 15분 집에서 하는 운동과 스쾃 100개, 아침 산책 30분, 양배추와 방울토마토, 오이를 즐겨 먹은 지 800일이 넘었다.

마음을 새롭게 하며 나를 돌보는 삶을 지속한다. 꼭 전하고 싶은 이야기는 세 가지다.

첫째, 당신은 이미 충분히 괜찮은 사람이다. 더 잘하려고 애쓰지 않아도, 더 인정받으려 하지 않아도, 지금의 당신은 존재만으로도 소중하다. '좋은 사람'이 되기보다 '진짜 나'로 살아가는 것이 더 깊은 행복을 가져다주리라 믿는다.

둘째, 느려도 괜찮다. '대기만성형 인간'이라는 말처럼, 삶

  나를 먼저 안아주기로 했어

은 속도가 아니라 방향이다. 남들보다 늦게 피어도, 분명 꽃을 피우리라 믿는다. 설령, 꽃을 피우지 않는다 해도 어떤가. 당신은 소나무일지도. 조급해하지 말고, 자기만의 속도로 걸어가면 좋겠다.

셋째, 돌봄은 습관이다. 한 번의 결심으로 모든 게 바뀌지는 않는다. 매일 조금씩 나를 돌보는 습관은 결국 삶을 바꾸리라. 자기만의 행복을 꼭 적어보고, 행복 습관을 시작해 보면 좋겠다. 무엇보다 마음과 몸을 꼭 챙기면 좋겠다.

다른 사람의 시선이 아니라 자기 자신만의 빛깔로 살아가기를 꿈꾼다. 세스 고딘의 『보랏빛 소가 온다』를 읽고 알게 됐다. 나는 '누렁소'가 아니었다. '보랏빛 소'였다. 기적처럼 놀라운 삶을 살 수 있는 존재다.

내가 용기를 냈듯이, 이 책을 읽는 당신도 분명히 그럴 수 있으리라 믿는다. 이제 시작할 시간이다. 존재 자체가 이미 충분히 귀한 당신이, 누군가의 인정이 아닌 자기만의 깊이로 세상에 빛나길. 느린 걸음일지라도 자신에게 다정한 말을 건네길. 품에 꼭 안아주기를. 자신을 돌보는 시작이 나와 당신의 삶을 따뜻하게 만들어 주리라 믿는다. 온 마음을 다해 나와 당신을 응원한다.